而已集

經典新版

魯迅——著

萬家墨面沒蒿萊，
敢有歌吟動地哀；
心事浩茫連廣宇，
於無聲處聽驚雷。

魯迅

而已集

目錄

而已集 目錄

出版小引

還原歷史的真貌——讓魯迅作品自己說話

陳曉林

中國自有新文學以來，魯迅當然是引起最多爭議和震撼的作家。但無論是擁護魯迅的人士，或是反對魯迅的人士，至少有一項顯而易見的事實，是受到雙方公認的：魯迅是現代中國最偉大的作家。

時至今日，以魯迅作品為研究題材的論文與專書，早已俯拾皆是，汗牛充棟。全世界以詮釋魯迅的某一作品而獲得博士學位者，也早已不下百餘位之多。而中國大陸靠「核對」或「注解」魯迅作品為生的學界人物，數目上更超過台灣以「研究」孫中山思想為生的人物數倍以上。但遺憾的是，台灣的讀者卻始終無緣全面性地、無偏見地看到魯迅作品的真貌。

事實上，魯迅自始至終是一個文學家、思想家、雜文家，而不是一個翻雲覆雨的政治人物。中國大陸將魯迅捧抬為「時代的舵手」、「青年的導師」，固然是以政治手段扭曲了魯迅作品的真正精神；台灣多年以來視魯迅為「洪水猛獸」、「離經叛道」，不讓魯迅作品堂堂正正出現在讀者眼前，也是割裂歷史真相的笨拙行徑。試想，談現代中國文學，談三十年代作品，而竟獨漏了魯迅這個人和他的著作，豈止是造成半世紀來文學史「斷層」的主因？在明眼人看來，這根本是一個對文學毫無常識的、天大的笑話！

正因為海峽兩岸基於各自的政治目的，對魯迅作品作了各種各樣的扭曲或割裂；而研究魯迅作品的文人學者又常基於個人一己的好惡，而誇張或抹煞魯迅作品的某些特色，以致魯迅竟成為近代中國文壇最離奇的「謎」，及最難解的「結」。

其實，若是擱置激情或偏見，平心細看魯迅的作品，任何人都不難發現：

一、魯迅是一個真誠的人道主義者，他的作品永遠在關懷和呵護受侮辱、受傷害的苦難大眾。

二、魯迅是一個文學才華遠遠超邁同時代水平的作家，就純文學領域而言，他的《吶喊》、《徬徨》、《野草》、《朝花夕拾》，迄今仍是現代中國最夠深度、結構也最為嚴謹的小說與散文；而他所首創的「魯迅體雜文」，冷風熱血，犀利真摯，抒情析理，兼而有之，亦迄今仍無人可以企及。

三、魯迅是最勇於面對時代黑暗與人性黑暗的作家，他對中國民族性的透視，以及對專制勢力的抨擊，沉痛真切，一針見血。

四、魯迅是涉及論戰與爭議最多的作家，他與胡適、徐志摩、梁實秋、陳西瀅等人的筆戰，迄今仍是現代文學史上一樁樁引人深思的公案。

五、魯迅是永不迴避的歷史見證者，他目擊身歷了清末亂局、辛亥革命、軍閥混戰、黃埔北伐，以及國共分裂、清黨悲劇、日本侵華等一連串中國近代史上掀天揭地的鉅變，秉筆直書，言其所信，孤懷獨往，昂然屹立，他自言「橫眉冷對千夫指，俯首甘為孺子牛」，可見他的堅毅與孤獨。

現在，到了還原歷史真貌的時候了。隨著海峽兩岸文化交流的展開，再沒有理由讓魯迅作品長期被掩埋在謊言或禁忌之中了。對魯迅這位現代中國最重要的作家而言，還原歷史真貌最簡單、也最有效的方法，就是讓他的作品自己說話。

不要以任何官方的說詞、拼湊的理論，或學者的「研究」來混淆了原本文氣磅礡、光焰萬丈的魯迅作品；而讓魯迅作品如實呈現在每一個人面前，是魯迅的權利，也是每位讀者的權利。

恩怨俱了，塵埃落定。畢竟，只有真正卓越的文學作品是指向永恆的。

題辭[1]

這半年我又看見了許多血和許多淚，
然而我只有雜感而已。
淚揩了，血消了；
屠伯們逍遙復逍遙，
用鋼刀的，用軟刀[2]的。
然而我只有「雜感」而已。
連「雜感」也被「放進了應該去的地方」[3]時，

我於是只有「而已」而已！

以上的八句話，是在一九二六年十月十四夜裡，編完那年那時為止的雜感集後，寫在末尾的，現在便取來作為一九二七年的雜感集的題辭。

一九二八年十月三十日，魯迅校訖記

【注釋】

1 這首詩最初收入《華蓋集續編》，是作者編完該書時所作。

2 語出明代遺民賈鳧西的《木皮散人鼓詞》：「幾年家軟刀子割頭不覺死，只等得太白旗懸才知道命有差」，這裡借用「軟刀子」比喻現代評論派的反動言論。

3 這是陳西瀅在一九二六年一月三十日《晨報副刊》發表的《致志摩》中攻擊作者的話：「他的文章，我看過了就放進了應該去的地方——說句體己話，我覺得它們就不應該從那裡出來。」

一九二七年

黃花節的雜感[1]

黃花節[2]將近了，必須做　點所謂文章。但對於這一個題目的文章，教我做起來，實在近於先前的在考場裡「對空策」[3]。因為，——說出來自己也慚愧，——黃花節這三個字，我自然明白它是什麼意思的；然而戰死在黃花崗頭的戰士們呢，不但姓名，連人數也不知道。

為尋些材料，好發議論起見，只得查《辭源》[4]。書裡面有是有的，可不過是：「黃花崗。地名，在廣東省城北門外白雲山之麓。清宣統三年三月二十九日，革命黨數十人，攻襲督署，不成而死，叢葬於此。」

輕描淡寫，和我所知道的差不多，於我並不能有所裨益。

我又願意知道一點十七年前的三月二十九日的情形，但一時也找不到目擊耳聞的耆老。從別的地方——如北京，南京，我的故鄉——的例子推想起來，當時大概有若干人痛惜，若干人快意，若干人沒有什麼意見，若干人當作酒後茶餘的談助的罷。接著便將被人們忘卻。

久受壓制的人們，被壓制時只能忍苦，幸而解放了便只知道作樂，悲壯劇是不能久留在記憶裡的。

但是三月二十九日的事卻特別，當時雖然失敗，十月就是武昌起義，第二年，中華民國便出現了。於是這些失敗的戰士，當時也就成為革命成功的先驅，悲壯劇剛要收場，又添上一個團圓劇的結束。這於我們是很可慶幸的，我想，在紀念黃花節的時候便可以看出。

我還沒有親自遇見過黃花節的紀念，因為久在北方。不過，中山先生的紀念日[5]卻遇見過了：在學校裡，晚上來看演劇的特別多，連凳子也踏破了幾條，非常熱鬧。用這例子來推斷，那麼，黃花節也一定該是極其熱鬧的罷。

當三月十二日那天的晚上，我在熱鬧場中，便深深地更感得革命家的偉大。我想，戀愛成功的時候，一個愛人死掉了，只能給生存的那一個以悲哀。然而革命成功的時候，革命家死掉了，卻能每年給生存的大家以熱鬧，甚而至於歡欣鼓舞。惟獨革命家，無論他生或死，都能給大家以幸福。同是愛，結果卻有這樣地不同，正無怪現在的青年，很有許多感到戀愛和革命的衝突的苦悶。

以上的所謂「革命成功」，是指暫時的事而言；其實是「革命尚未成功」[6]的。革命無止境，倘使世上真有什麼「止於至善」[7]，這人間世便同時變了凝固的東西了。不過，中國經了許多戰士的精神和血肉的培養，卻的確長出了一點先前所沒有的幸福的花果來，也還有逐漸生長的希望。倘若不像有，那是因為繼續培養的人們少，而賞玩，攀折這花，摘食這果實的人們倒是太多的緣故。

我並非說，大家都須天天去痛哭流涕，以憑弔先烈的「在天之靈」，一年中有一天記起他們也就可以了。但就廣東的現在而論，我卻覺得大家對於節日的辦法，還須改良一點。

黃花節很熱鬧，熱鬧一天自然也好；熱鬧得疲勞了，回去就好好地睡一覺。然而第二天，元氣恢復了，就該加工做一天自己該做的工作。這當然是勞苦的，但總比槍彈從致命的地方穿過去要好得遠；何況這也算是在培養幸福的花果，為著後來的人們呢。

三月二十四日夜

【注釋】

1 本篇最初發表於一九二七年三月二十九日，廣州中山大學政治訓育部編印的《政治訓育》第七期「黃花節特號」。

2 一九一一年四月二十七日（夏曆三月二十九日），同盟會領導成員黃興、趙聲等人在廣州發動武裝起義，攻打兩廣總督衙門，結果失敗。事後將收集到的七十二具烈士遺體合葬於廣州市郊黃花崗。民國成立後曾將西曆三月二十九日定為革命先烈紀念日，通稱黃花節。

3 漢代以後科舉考試時，用有關政事、經義的問題作題目，命應試者書面各陳所見，叫做對策。「對空策」就是對題目毫無具體意見，只發一通空論的意思。

4 一部說明漢語詞義及其淵源、演變的工具書，陸爾奎等人編輯，一九一五年商務印書館出版。

5 孫中山（一八六六－一九二五），名文，字逸仙，廣東香山（今中山）人，偉大的民主革命家。一九二五年三月十二日病逝於北京。

6 孫中山在遺囑中告誡同志的話。

7 語見《大學》，意思是到達盡善盡美的境界。

略論中國人的臉[1]

大約人們一遇到不大看慣的東西，總不免以為他古怪。我還記得初看見西洋人的時候，就覺得他臉太白，頭髮太黃，眼珠太淡，鼻梁太高。雖然不能明明白白地說出理由來，但總而言之：相貌不應該如此。至於對於中國人的臉，是毫無異議；即使有好醜之別，然而都不錯的。

我們的古人，倒似乎並不放鬆自己中國人的相貌。周的孟軻就用眸子來判胸中的正不正[2]，漢朝還有《相人》[3]二十四卷。後來鬧這玩意兒的尤其多；分起來，可以說有兩派罷：一是從臉上看出他的智愚賢不肖；一是從臉上看出他過去，現在和將來的榮枯。於是天下紛紛，從此多事，許多人就都戰戰兢兢地研究自己的臉。

我想，鏡子的發明，恐怕這些人和小姐們是大有功勞的。不過近來前一派已經不大有人講究，在北京上海這些地方搗鬼的都只是後一派了。

我一向只留心西洋人。留心的結果，又覺得他們的皮膚未免太粗；毫毛有白色的，也不好。皮上常有紅點，即因為顏色太白之故，倒不如我們之黃。尤其不好的是紅鼻子，有時簡直像是將要熔化的蠟燭油，彷彿就要滴下來，使人看得慄慄危懼，也不及黃色人種的較為隱晦，也見得較為安全。總而言之：相貌還是不應該如此的。

後來，我看見西洋人所畫的中國人，才知道他們對於我們的相貌也很不敬。那似乎是《天方夜譚》或者《安兌生童話》[4]中的插畫，現在不很記得清楚了。頭上戴著拖花翎的紅纓帽，一條辮子在空中飛揚，朝靴的粉底非常之厚。但這些都是滿洲人連累我們的。獨有兩眼歪斜，張嘴露齒，卻是我們自己本來的相貌。不過我那時想，其實並不盡然，外國人特地要奚落我們，所以格外形容得過度了。

但此後對於中國一部分人們的相貌，我也逐漸感到一種不滿，就是他們每看見不常見的事件或華麗的女人，聽到有些醉心的說話的時候，下巴總要慢慢掛下，將嘴張了開來。這實在不大雅觀；彷彿精神上缺少著一樣什麼機件。

據研究人體的學者們說，一頭附著在上顎骨上，那一頭附著在下顎骨上的「咬筋」，力量是非常之大的。我們幼小時候想吃核桃，必須放在門縫裡將它的殼夾碎。但在成人，只要牙齒好，那咬筋一收縮，便能咬碎一個核桃。有著這麼大的力量的筋，有時竟不能收住這個並不沉重的自己的下巴，雖然正在看得出神的時候，倒也情有可原，但我總以為究竟不是十分體面的事。

日本的長谷川如是閒[5]是善於做諷刺文字的。去年我見過他的一本隨筆集，叫作《貓、狗、人》；其中有一篇就說到中國人的臉。大意是初見中國人，即令人感到較之日本人或西洋人，臉上總欠缺著一點什麼。久而久之，看慣了，便覺得這樣已經盡夠，並不缺少東西；倒是看得西洋人之流的臉上，多餘著一點什麼。這多餘著的東西，他就給它一個不大高妙的名目：獸性。中國人的臉上沒有這個，是人，則加上多餘的東西，即成了下列的算式：

人＋獸性＝西洋人

他藉了稱讚中國人，貶斥西洋人，來譏刺日本人的目的，這樣就達到了，自然不必再說這獸性的不見於中國人的臉上，是本來沒有的呢，還是現在已經消除。如果是後來消除的，那麼，是漸漸淨盡而只剩了人性的呢，還是不過漸漸成了馴順。

野牛成為家牛，野豬成為豬，狼成為狗，野性是消失了，但只足使牧人喜歡，於本身並無好處。人不過是人，不再夾雜著別的東西，當然再好沒有了。倘不得已，我以為還不如帶些獸性，如果合於下列的算式倒是不很有趣的：

人＋家畜性＝某一種人

中國人的臉上真可有獸性的記號的疑案，暫且中止討論罷。我只要說近來卻在中國人所理想的古今人的臉上，看見了兩種多餘。一到廣州，我覺得比我所從來的廈門豐富得多的，是電影，而且大半是「國片」，有古裝的，有時裝的。因為電影是「藝術」，所以電影藝術家便將這兩種多餘加上去了。

古裝的電影也可以說是好看，那好看不下於看戲；至少，絕不至於有大鑼大鼓將人的耳朵震聾。在「銀幕」上，則有身穿不知何時何代的衣服的人物，緩慢地動作；臉正如古人一般死，因為要顯得活，便只好加上些舊式戲子的昏庸。

時裝人物的臉，只要見過清朝光緒年間上海的吳友如的《畫報》[6]的，便會覺得神態非常相像。《畫報》所畫的大抵不是流氓拆梢[7]，便是妓女吃醋，所以臉相都狡猾。這精神似乎至今不變，國產影片中的人物，雖是作者以為善人傑士者，眉宇間也總帶些上海洋場式的狡獪。可見不如此，是連善人傑士也做不成的。

聽說，國產影片之所以多，是因為華僑歡迎，能夠獲利，每一新片到，老的便帶了孩子去指點給他們看道：「看哪，我們的祖國的人們是這樣的。」在廣州似乎也受歡迎，日夜四場，我常見看客坐得滿滿。

廣州現在也如上海一樣，正在這樣地修養他們的趣味。可惜電影一開演，電燈一定熄滅，我不能看見人們的下巴。

四月六日

【注釋】

1 本篇最初發表於一九二七年十一月二十五日北京《莽原》半月刊第二卷第二十一、二十二期合刊。

2 孟軻（約公元前三九〇—前三〇五），戰國中期儒家主要代表人物。《孟子·離婁》有如下的話：「孟子曰：存乎人者，莫良於眸子，眸子不能掩其惡。胸中正，則眸子瞭焉；胸中不正，則眸子眊焉。聽其言也，觀其眸子，人焉廋哉。」

3 談相術的書，見《漢書·藝文志》的《數術》類，著者不詳。

4 原名《一千零一夜》，古代阿拉伯民間故事集。

安兑生（H.C.Andersen，一八〇五—一八七五），通譯安徒生，丹麥童話作家。這裡所說的插畫，見於當時美國霍頓·密夫林公司出版的《安徒生童話集》中的《夜鶯》篇。

5 長谷川如是閒（一八七五—一九六九），日本評論家。著有《日本的性格》、《現代社會批判》等。《貓、狗、人》，日本改造社一九二四年五月出版，內有《中國人的臉及其他》一文。

6 吳友如（約一八四〇—一八九三），名猷（又作嘉猷），字友如，江蘇元和（今吳縣）人，清末畫家。以善畫人物、世態著名。他主編的《點石齋畫報》，旬刊，一八八四年創刊，一八九八年停刊，隨上海《申報》發行。

7 上海一帶方言，指流氓製造事端詐取財物的行為。

革命時代的文學[1]

——四月八日在黃埔軍官學校[2]講

今天要講幾句的話是就將這「革命時代的文學」算作題目。這學校是邀過我好幾次了，我總是推宕著沒有來。為什麼呢？因為我想，諸君的所以來邀我，大約是因為我曾經做過幾篇小說，是文學家，要從我這裡聽文學。其實我並不是的，並不懂什麼。

我首先正經學習的是開礦，叫我講掘煤，也許比講文學要好一些。自然，因為自己的嗜好，文學書是也時常看看的，不過並無心得，能說出於諸君有用的東西來。加以這幾年，自己在北京所得的經驗，對於一向所知道的前人所講的文學的議論，都漸漸的懷疑起來。

那是開槍打殺學生的時候[3]罷，文禁也嚴厲了，我想：文學文學，是最不中用的，沒有力量的人講的；有實力的人並不開口，就殺人，被壓迫的人講幾句話，寫幾個字，就要被殺；即使幸而不被殺，但天天吶喊，叫苦，鳴不平，而有實力的人仍然壓迫，虐待，殺戮，沒有方法對付他們，這文學於人們又有什麼益處呢？

在自然界裡也這樣，鷹的捕雀，不聲不響的是鷹，吱吱叫喊的是雀；貓的捕鼠，不聲不響的是貓，吱吱叫喊的是老鼠；結果，還是只會開口的被不開口的吃掉。文學家弄得好，做幾篇文章，也許能夠稱譽於當時，或者得到多少年的虛名罷，——譬如一個烈士的追悼會開過之後，烈士的事情早已不提了，大家倒傳誦著誰的輓聯做得好：這實在是一件很穩當的買賣。

但在這革命地方的文學家，恐怕總喜歡說文學和革命是大有關係的，例如可以用這來宣傳，鼓吹，煽動，促進革命和完成革命。不過我想，這樣的文章是無力的，因為好的文藝作品，向來多是不受別人命令，不顧利害，自然而然地從心中流露的東西；如果先掛起一個題目，做起文章來，那又何異於八股[4]，在文學中並無價值，更說不到能否感動人了。

為革命起見，要有「革命人」，「革命文學」倒無須急急，革命人做出東西來，才是革命文學。所以，我想：革命，倒是與文章有關係的。革命時代的文學和平時的文學不同，革命來了，文學就變換色彩。但大革命可以變換文學的色彩，小革命卻不，因為不算什麼革命，所以不能變換文學的色彩。

在此地是聽慣了「革命」了，江蘇浙江談到革命二字，聽的人都很害怕，講的人也很危險。其實「革命」是並不稀奇的，惟其有了它，社會才會改革，人類才會進步，能從原蟲到人類，從野蠻到文明，就因為沒有一刻不在革命。

生物學家告訴我們：「人類和猴子是沒有大兩樣的，人類和猴子是表兄弟。」但為什麼人類成了人，猴子終於是猴子呢？這就因為猴子不肯變化——牠愛用四隻腳走路。也許曾有一個猴子站起來，試用兩腳走路的罷，但許多猴子就說：「我們底祖先一向是爬的，不許你站！」咬死了。

牠們不但不肯站起來，並且不肯講話，因為牠守舊。人類就不然，他終於站起，講話，結果是他勝利了。現在也還沒有完。所以革命是並不稀奇的，凡是至今還未滅亡的民族，還都天天在努力革命，雖然往往不過是小革命。

大革命與文學有什麼影響呢？大約可以分開三個時候來說：

（一）大革命之前，所有的文學，大抵是對於種種社會狀態，覺得不平，覺得痛苦，就叫苦，鳴不平，在世界文學中關於這類的文學頗不少。但這些叫苦鳴不平的文學對於革命沒有什麼影響，因為叫苦鳴不平，並無力量，壓迫你們的人仍然不理，老鼠雖然吱吱地叫，儘管叫出很好的文學，而貓兒吃起牠來，還是不客氣。所以僅僅有叫苦鳴不平的文學時，這個民族還沒有希望，因為止於叫苦和鳴不平。

例如人們打官司，失敗的方面到了分發冤單的時候，對手就知道他沒有力量再打官司，事情已經了結了；所以叫苦鳴不平的文學等於喊冤，壓迫者對此倒覺得放心。有些民族因為叫苦無用，連苦也不叫了，他們便成為沉默的民族，漸漸更加衰頹下去，埃及，阿拉伯，波斯，印度就都沒有什麼聲音了！

至於富有反抗性，蘊有力量的民族，因為叫苦沒用，他便覺悟起來，由哀音而變為怒吼。怒吼的文學一出現，反抗就快到了；他們已經很憤怒，所以與革命爆發時代接近的文學每每帶有憤怒之音；他要反抗，他要復仇。蘇俄革命將起時，即有些這類的文學。但也有例外，如波蘭，雖然早有復仇的文學[5]，然而他的恢復，是靠著歐洲大戰的。

（二）到了大革命的時代，文學沒有了，沒有聲音了，因為大家受革命潮流的鼓蕩，大家由呼喊而轉入行動，大家忙著革命，沒有閒空談文學了。還有一層，是那時民生凋敝，一心尋麵包吃尚且來不及，那裡有心思談文學呢？守舊的人因為受革命潮流的打擊，氣得發昏，也不能再唱所謂他們底文學了。

有人說：「文學是窮苦的時候做的」，其實未必，窮苦的時候必定沒有文學作品的，我在北京時，一窮，就到處借錢，不寫一個字，到薪俸發放時，才坐下來做文章。忙的時候也必定沒有文學作品，挑擔的人必要把擔子放下，才能做文章；拉車的人也必要把車子放下，才能做文章。大革命時代忙得很，同時又窮得很，這一部分人和那一部分人鬥爭，非先行變換現代社會底狀態不可，沒有時間也沒有心思做文章；所以大革命時代的文學便只好暫歸沉寂了。

（三）等到大革命成功後，社會底狀態緩和了，大家底生活有餘裕了，這時候就又產生文學。這時候底文學有二：一種文學是讚揚革命，稱頌革命，——謳歌革命，因為進步的文學家想到社會改變，社會向前走，對於舊社會的破壞和新社會的建設，都覺得有意義，一方面對於舊制度的崩壞很高興，一方面對於新的建設來謳歌。另有一種文學是弔舊社會的滅亡——挽歌——也是革命後會有的文學。

有些的人以為這是「反革命的文學」，我想，倒也無須加以這麼大的罪名。革命雖然進行，但社會上舊人物還很多，絕不能一時變成新人物，他們的腦中滿藏著舊思想舊東西；環境漸變，影響到他們自身的一切，於是回想舊時的舒服，便對於舊社會眷念不已，戀戀不捨，因而講出很古的話，陳舊的話，形成這樣的文學。

這種文學都是悲哀的調子，表示他心裡不舒服，一方面看見新的建設勝利了，一方面看見舊的制度滅亡了，所以唱起挽歌來。但是懷舊，唱挽歌，就表示已經革命了，如果沒有革命，舊人物正得勢，是不會唱挽歌的。

不過中國沒有這兩種文學——對舊制度挽歌，對新制度謳歌；因為中國革命還沒有成功，正是青黃不接，忙於革命的時候。不過舊文學仍然很多，報紙上的文章，幾乎全是舊式。我想，這足見中國革命對於社會沒有多大的改變，對於守舊的人沒有多大的影響，所以舊人仍能超然物外。

廣東報紙所講的文學，都是舊的，新的很少，也可以證明廣東社會沒有受革命影響；沒有對新的謳歌，也沒有對舊的挽歌，廣東仍然是十年前底廣東。不但如此，並且也沒有叫苦，沒有鳴不平；只看見工會參加遊行，但這是政府允許的，不是因壓迫而反抗的，也不過是奉旨革命。

中國社會沒有改變，所以沒有懷舊的哀詞，也沒有嶄新的進行曲，只在蘇俄卻已產生了這兩種文學。他們的舊文學家逃亡外國，所作的文學，多是弔亡挽舊的哀詞；新文學則正在努力向前走，偉大的作品雖然還沒有，但是新作品已不少，他們已經離開怒吼時期而過渡到謳歌的時期了。讚美建設是革命進行以後的影響，再往後去的情形怎樣，現在不得而知，但推想起來，大約是平民文學罷，因為平民的世界，是革命的結果。

現在中國自然沒有平民文學，世界上也還沒有平民文學，所有的文學，歌呀，詩呀，大抵是給上等人看的；他們吃飽了，睡在躺椅上，捧著看。一個才子出門遇見一個佳人，兩個人很要好，有一個不才子從中搗亂，生出差池來，但終於團圓了。這樣地看看，多麼舒服。或者講上等人怎樣有趣和快樂，下等人怎樣可笑。

前幾年《新青年》[6]載過幾篇小說，描寫罪人在寒地裡的生活，大學教授看了就不高興，因為他們不喜歡看這樣的下流人。如果詩歌描寫車夫，就是下流詩歌；一齣戲裡，有犯罪的事情，就是下流戲。他們的戲裡的腳色，只有才子佳人，才子中狀元，佳人封一品夫人，在才子佳人本身很歡喜，他們看了也很歡喜，下等人沒奈何，也只好替他們一同歡喜歡喜。

在現在，有人以平民——工人農民——為材料，做小說做詩，我們也稱之為平民文學，其實這不是平民文學，因為平民還沒有開口。這是另外的人從旁看見平民的生活，假托平民底口吻而說的。眼前的文人有些雖然窮，但總比工人農民富足些，這才能有錢去讀書，才能有文章；一看好像是平民所說的，其實不是；這不是真的平民小說。

平民所唱的山歌野曲，現在也有人寫下來，以為是平民之音了，因為是老百姓所唱。但他們間接受古書的影響很大，他們對於鄉下的紳士有田三千畝，佩服得不得了，每每拿紳士的思想，做自己的思想，紳士們慣吟五言詩，七言詩；因此他們所唱的山歌野曲，大半也是五言或七言。這是就格律而言，還有構思取意，也是很陳腐的，不能稱是真正的平民文學。

現在中國底小說和詩實在比不上別國，無可奈何，只好稱之曰文學；談不到革命時代的文學，更談不到平民文學。現在的文學家都是讀書人，如果工人農民不解放，工人農民的思想，仍然是讀書人的思想，必待工人農民得到真正的解放，然後才有真正的平民文學。有些人說：「中國已有平民文學」，其實這是不對的。

諸君是實際的戰爭者，是革命的戰士，我以為現在還是不要佩服文學的好。學文學對於戰爭，沒有益處，最好不過作一篇戰歌，或者寫得美的，便可於戰餘休憩時看看，倒也有趣。要講得堂皇點，則譬如種柳樹，待到柳樹長大，濃蔭蔽日，農夫耕作到正午，或者可以坐在柳樹底下吃飯，休息休息。中國現在的社會情狀，只有實地的革命戰爭，一首詩嚇不走孫傳芳[7]，一炮就把孫傳芳轟走了。自然也有人以為文學於革命是有偉力的，但我個人總覺得懷疑，文學總是一種餘裕的產物，可以表示一民族的文化，倒是真的。

人大概是不滿於自己目前所做的事的，我一向只會做幾篇文章，自己也做得厭了，而捏槍的諸君，卻又要聽講文學。

我呢，自然倒願意聽聽大炮的聲音，彷彿覺得大炮的聲音或者比文學的聲音要好聽得多似的。我的演說只有這樣多，感謝諸君聽完的厚意！

【注釋】

1 本篇記錄稿最初發表於一九二七年六月十二日廣州黃埔軍官學校出版的《黃埔生活》週刊第四期，收入本集時作者作了修改。

2 孫中山在國民黨改組後所創立的陸軍軍官學校，校址在廣州黃埔，一九二四年六月正式開學。在一九二七年國共分裂以前，曾是國共合作的學校，周恩來、葉劍英、惲代英、蕭楚女等許多共產黨人都曾在該校擔任過負責的工作。

3 指「三一八」慘案。一九二六年三月十八日，北京青年學生為抗議日本等帝國主義侵犯中國主權，舉行請願，遭到段祺瑞執政府的屠殺，死傷二百餘人。

4 明清科舉考試制度所規定的一種公式化文體。用「四書」、「五經」中文句命題，每篇由破題、承題、起講、入手、起股、中股、後股、束股八個部分構成。後四部分是主體，每一部分有兩股相比偶的文字，合共八股，所以叫八股文。

5 指十九世紀上半期波蘭愛國詩人密茨凱維支、斯洛伐支奇等人的作品。當時波蘭處於俄、奧、普三國瓜分之下，第一次世界大戰後於一九一八年十一月恢復獨立。

6 綜合性月刊。「五四」時期倡導新文化運動的重要刊物。一九一五年九月創刊，一九二二年七月休刊。下文所說的大學教授，指東南大學教授吳宓。作者在《二心集．上海文藝之一瞥》中說：「那時吳宓先生就曾經發表過文章，說是真不懂為什麼有些人竟喜歡描寫下流社會。」

7 孫傳芳（一八八五—一九三五），山東歷城人，北洋直系軍閥，曾盤踞東南五省。他的軍隊主力於一九二六年冬在江西南昌、九江一帶為北伐軍擊潰。

寫在《勞動問題》之前[1]

還記得去年夏天住在北京的時候，遇見張我權君，聽到他說過這樣意思的話：「中國人似乎都忘記了臺灣[2]了，誰也不大提起。」

他是一個臺灣的青年。

我當時就像受了創痛似的，有點苦楚；但口上卻道：「不。那倒不至於的。只因為本國太破爛，內憂外患，非常之多，自顧不暇了，所以只能將臺灣這些事情暫且放下。……」

但正在困苦中的臺灣的青年，卻並不將中國的事情暫且放下。他們常希望中國革命的成功，贊助中國的改革，總想盡些力，於中國的現在和將來有所裨益，即使是自己還在做學生。

張秀哲[3]君是我在廣州才遇見的。我們談了幾回，知道他已經譯成一部《勞動問題》給中國，還希望我做一點簡短的序文。我是不善於作序，也不贊成作序的；況且對於勞動問題，一無所知，尤其沒有開口的資格。我所能負責說出來的，不過是張君於中日兩國的文字，俱極精通，譯文定必十分可靠這一點罷了。

但我這回卻很願意寫幾句話在這一部譯本之前，只要我能夠。我雖然不知道勞動問題，但譯者在遊學中尚且為民眾盡力的努力與誠意，我是覺得的。

我只能以這幾句話表出我個人的感激。但我相信，這努力與誠意，讀者也一定都會覺得的。這實在比無論什麼序文都有力。

一九二七年四月十一日，魯迅識於廣州中山大學

【注釋】

1 本篇最初印入《國際勞動問題》一書，原題為《〈國際勞動問題〉小引》。

2 臺灣在一八九四年中日甲午戰爭後被日本侵佔，一九四五年抗日戰爭勝利後光復。文中說的張我權，當為張我軍（一九〇二—一九五五），臺北板橋人。當時是北京師範大學學生。

3 張秀哲，臺灣省人。當時在廣州嶺南大學肄業，曾與人合著《毋忘臺灣》一書。《勞動問題》，原名《國際勞動問題》，日本淺利順次郎著。張秀哲的譯本於一九二七年由廣州國際社會問題研究社出版，署張月澄譯。

略談香港[1]

本年一月間我曾去過一回香港[2]，因為跌傷的腳還未全好，不能到街上去閒走，演說一了，匆匆便歸，印象淡薄得很，也早已忘卻了香港了。今天看見《語絲》一三七期上辰江先生的通信[3]，忽又記得起來，想說幾句話來湊熱鬧。

我去講演[4]的時候，主持其事的人大約很受了許多困難，但我都不大清楚。單知道先是頗遭干涉，中途又有反對者派人索取入場券，收藏起來，使別人不能去聽；後來又不許將講稿登報，經交涉的結果，是削去和改竄了許多。

然而我的講演，真是「老生常談」，而且還是七八年前的「常談」。

從廣州往香港時，在船上還親自遇見一樁笑話。有一個船員，不知怎地，是知道我的名字的，他給我十分擔心。他以為我的赴港，說不定會遭謀害；我遙遙地跑到廣東來教書，而無端橫死，他——廣東人之一——也覺得抱歉。於是他忙了一路，替我計畫，禁止上陸時如何脫身，到埠捕拿時如何避免。到埠後，既不禁止，也不捕拿，而他還不放心，臨別時再三叮囑，說倘有危險，可以避到什麼地方去。

我雖然覺得可笑，但我從真心裡十分感謝他的好心，記得他的認真的臉相。

三天之後，平安地出了香港了，不過因為攻擊國粹，得罪了若干人。現在回想起來，像我們似的人，大危險是大概沒有的。不過香港總是一個畏途。這用小事情便可以證明。即如今天的香港《循環日報》[5]上，有這樣兩條瑣事：

·陳國被控竊去蕪湖街一百五十七號地下布褲一條，昨由史司判笞十二藤云。

·昨晚夜深，石塘嘴有兩西裝男子，……遇一英警上前執行搜身。該西裝男子用英語對之。該英警不理會，且警以□□。於是雙方纏上警署。……

第一條我們一目了然，知道中國人還在那裡被抽藤條。「司」當是「藩司」

「臬司」[6]之「司」，是官名；史者，姓也，英國人的。港報上所謂「政府」，「警司」之類，往往是指英國的而言，不看慣的很容易誤解，不如上海稱為「捕房」之分明。

第二條是「搜身」的糾葛，在香港屢見不鮮。但三個方圍不知道是甚麼。何以要避忌？恐怕不是好的事情。這□□□似乎是因為西裝和英語而得的；英警嫌惡這兩件：這是主人的言語和服裝。顏之推以為學鮮卑語，彈琵琶便可以生存的時代[7]，早已過去了。

在香港時遇見一位某君，是受了高等教育的人。他自述曾因受屈，向英官申辯，英官無話可說了，但他還是輸。那最末是得到嚴厲的訓斥，道：「總之是你錯的：因為我說你錯！」

帶著書籍的人也困難，因為一不小心，會被指為「危險文件」的。這「危險」的界說，我不知其詳。總之一有嫌疑，便麻煩了。人先關起來，書去譯成英文，譯好之後，這才審判。而這「譯成英文」的事先就可怕。我記得蒙古人「入主中夏」時，裁判就用翻譯。一個和尚去告狀追債，而債戶商同通事，將他的狀子改成自願焚身了。官說道好；於是這和尚便被推入烈火中。[8]我去講演的時候也偶然提起元朝，聽說頗為「X司」所不悅，他們是的確在研究中國的經史的。

但講講元朝，不但為「政府」的「X司」所不悅，且亦為有些「同胞」所不歡。我早知道不穩當，總要受些報應的。果然，我因為謹避「學者」[9]，搬出中山大學之後，那邊的《工商報》[10]上登出來了，說是因為「清黨」[11]，已經逃走。後來，則在《循環日報》上，以講文學為名，提起我的事，說我原是「《晨報副刊》特約撰述員」[12]，現在則「到了漢口」[13]。

我知道這種宣傳有點危險，意在說我先是研究系的好友，現是共產黨的同道，雖不至於「槍終路寢」[14]，益處大概總不會有的，晦氣點還可以因此被關起來。便寫了一封信去更正：

「在六月十日十一日兩天的《循環世界》裡，看見徐丹甫先生的一篇《北京文藝界之分門別戶》。各人各有他的眼光，心思，手段。他耍他的，我不想來多嘴。但其中有關於我的三點，我自己比較的清楚些，可以請為更正，即：

一，我從來沒有做過《晨報副刊》的『特約撰述員』。
二，陳大悲[15]被攻擊後，我並未停止投稿。
三，我現仍在廣州，並沒有『到了漢口』。」

從發信之日到今天，算來恰恰一個月，不見登出來。「總之你是這樣的：因為我說你是這樣」罷。幸而還有內地的《語絲》；否則，「十二藤」，「□□□」，那裡去訴苦！

我現在還有時記起那一位船上的廣東朋友，雖然神經過敏，但怕未必是無病呻吟。他經驗多。

若夫「香江」（案：蓋香港之雅稱）之於國粹，則確是正在大振興而特振興。如六月二十五日《循環日報》「昨日下午督憲府茶會」條下，就說：

「（上略）賴濟熙太史即席演說，略謂大學堂漢文專科異常重要，中國舊道德與乎國粹所關，皆不容緩視，若不貫徹進行，深為可惜，（中略）周壽臣爵士亦演說漢文之宜見重於當世，及漢文科學之重要，關係國家與個人之榮辱等語，後督憲以華語演說，略謂華人若不通漢文為第一可惜，若以華人而中英文皆通達，此後中英感情必更融洽，故大學漢文一科，非常重要，未可以等閒視之云云。（下略）」

我又記得還在報上見過一篇「金制軍」[16]的關於國粹的演說，用的是廣東話，看起來頗費力；又以為這「金制軍」是前清遺老，遺老的議論是千篇一律的，便不去理會它了。現在看了辰江先生的通信，才知道這「金制軍」原來就是「港督」金文泰，大英國人也。大驚失色，趕緊跳起來去翻舊報。運氣，在六月二十八日這張《循環日報》上尋到了。

因為這是中國國粹不可不振興的鐵證，也是將來「中國國學振興史」的貴重史料，所以毫不刪節，並請廣東朋友校正誤字（但末尾的四句集《文選》句，因為不能懸揣「金制軍」究竟如何說法，所以不敢妄改），剪貼於下，加以略注，希《語絲》記者以國學前途為重，予以排印，至紉公誼[17]：

六月二十四號督轅茶會金制軍演說詞

列位先生，提高中文學業，周爵紳，賴太史，今日已經發揮盡致，毋庸我詳細再講咯，我對於呢件事，覺得有三種不能不辦嘅原因，而家想同列位談談：

（第一）係中國人要顧全自己祖國學問呀，香港地方，華人居民，最占多數，香港大學學生，華人子弟，亦係至多，如果在呢間大學，徒然側重外國科學文字，對於中國歷代相傳嘅大道宏經，反轉當作等閒，視為無足輕重嘅學業，豈唔係一件大憾事嗎，所以為香港中國居民打算，為大學中國學生打算，呢一科實在不能不辦。

（第二）係中國人應該整理國故呀，中國事物文章，原本有極可寶貴嘅價值，不過因為文字過於艱深，所以除曉書香家子弟，同埋天分極高嘅人以外，能夠領略其中奧義嘅，實在很少，為呢個原故，近年中國學者，對於（整理國故）嘅聲調已經越唱越高，香港地方，同中國大陸相離，僅僅隔一衣帶水，如果今日所提倡嘅中國學科能夠設立完全，將來集合一班大學問嘅人，將向來所有困難，一一加以整理，為後生學者，開條輕便嘅路途，豈唔係極安慰嘅事咩，所以為中國發揚國光計，呢一科更不能不辦。

（第三）就係令中國道德學問，普及世界呀，中國通商以來，華人學習語言文字，成通材嘅，雖然項背相望，但係外國人精通漢學，同埋中國人精通外國科學，能夠用中國言語文字翻譯介紹各國高深學術嘅，仍然係好少，呢的豈係因外國人，同中國外洋留學生，唔願學華國文章，不過因中國文字語言，未曾用科學方法整理完備，令到呢兩班人，抱一類（可望而不可即）之歎辭，如果港大（華文學系）得到成立健全，就從前所有困難，都可以由呢處逐漸解免，個時中外求學之士，一定多列門牆，爭自濯磨，中外感情，自然更加濃浹，唔噲有乜野隔膜咯，所以為中國學問及世界打算，呢一科亦不能不辦。

列位先生，我記得十幾年前有一班中國外洋留學生，因為想研精中國學問，也曾出過一份（漢風雜誌），個份雜誌，書面題辭，有四句集文選句，十分動人嘅，我願借嚟貢獻過列位，而且望列位實行個四句題辭嘅意思，對於（香港大學文科，華文系）贊襄盡力，務底於成，個四句題辭話（懷舊之蓄念，發思古之幽情，光祖宗之玄靈，大漢之發天聲）。

略注：

這裡的括弧，間亦以代曲鉤之用。爵紳蓋有爵的紳士，不知其詳。呢＝這。而家＝而今。嘅＝的。係＝是。唔＝無，不。曉＝了。同埋＝和。咩＝呢。辭＝呵。唔噲有乜野＝不會有什麼。嚟＝來。過＝給。話＝說。

注畢不免又要發感慨了。《漢風雜誌》[18]我沒有拜讀過；但我記得一點舊事。前清光緒末年，我在日本東京留學，親自看見的。

那時的留學生中，很有一部分抱著革命的思想，而所謂革命者，其實是種族革命，要將土地從異族的手裡取得，歸還舊主人。除實行的之外，有些人是辦報，有些人是鈔舊書。所鈔的大抵是中國所沒有的禁書，所講的大概是明末清初的情形，可以使青年猛省的。久之印成了一本書，因為是《湖北學生界》[19]的特刊，所以名曰《漢聲》，那封面上就題著四句古語：攄懷舊之蓄念，發思古之幽情，光祖宗之玄靈，振大漢之天聲！

這是明明白白，叫我們想想漢族繁榮時代，和現狀比較一下，看是如何，——必須「光復舊物」。說得露骨些，就是「排滿」；推而廣之，就是「排外」。不料二十年後，竟變成在香港大學保存國粹，而使「中外感情，自然更加濃浹」的標語了。我實在想不到這四句「集《文選》句」，竟也會被外國人所引用。

這樣的感慨，在現今的中國，發起來是可以發不完的。還不如講點有趣的事做收梢，算是「餘興」。從予[20]先生在《一般》雜誌（目錄上說是獨逸）上批評我的小說道：

「作者的筆鋒……並且頗多詼諧的意味，所以有許多小說，人家看了，只覺得發鬆可笑。換言之，即因為此故，至少是使讀者減卻了不少對人生的認識。」

悲夫，這「只覺得」也！

但我也確有這種的毛病，什麼事都不能正正經經。便是感慨，也不肯一直發到底。只是我也自有我的苦衷。因為整年的發感慨，倘是假的，豈非無聊？倘真，則我早已感憤而死了，那裡還有議論。我想，活著而想稱「烈士」，究竟是不容易的。

我以為有趣，想要介紹的也不過是一個廣告。港報上頗多特別的廣告，而這一個最奇。我第一天看《循環日報》，便在第一版上看見的了，此後每天必見[21]，我每見必要想一想，而直到今天終於想不通是怎麼一回事：

香港城余蕙賣文
人和旅店余蕙屏聯榜幅發售
香港對聯　香港七律
香港七絕　青山七律
荻海對聯　荻海七絕
花地七絕　花地七律
日本七絕　聖經五絕
英皇七絕　英太子詩
戲子七絕　廣昌對聯
三金六十員
五金五十員
七金四十員
屏條加倍
　人和旅店主人謹啟。
小店在香港上環海傍門牌一百一十八號

七月十一日，於廣州東堤

【注釋】

1 本篇最初發表於一九二七年八月十三日《語絲》週刊第一四四期。

2 作者於一九二七年二月十八日赴香港講演，二十日回廣州。文中說的「一月」應為二月。

3 《語絲》為一文藝性週刊，最初由孫伏園等編輯，一九二四年十一月在北京創刊，一九二七年十月被奉系軍閥張作霖查禁，隨後移至上海復刊。一九三〇年三月出至第五卷第五十二期停刊。作者是主要撰稿人和支持者之一，並於該刊在上海出版後一度擔任編輯。辰江的通信載《語絲》第一三七期（一九二七年六月二十六日），題為《談皇仁書院》。他曾親聽過作者在香港的講演，在信的末段說：

「前月魯迅先生由廈大到中大，有某團體請他到青年會演說。……兩天的演詞都是些對於舊文學一種革新的說話，原是很普通的（請魯迅先生原恕我這樣說法）。但香港政府聽聞他到來演說，便連忙請某團體的人去問話，問為什麼請魯迅先生來演講，有什麼用意。」

4 作者在香港青年會共講演兩次，一次在二月十八日晚，講題為《無聲的中國》；一次在二月十九日，講題為《老調子已經唱完》。兩篇講稿後來分別收在《三閒集》和《集外集拾遺》中。

5 香港報紙，一八七四年一月由王韜創辦，約於一九四七年停刊。闢有《循環世界》等副刊。

6 明清兩代稱掌管一省財政民政的布政使為藩司，俗稱藩台。稱掌管一省獄訟的按察使為臬司，俗稱臬台。

7 顏之推（五三一—五九一），字介，琅琊臨沂（今山東臨沂）人，北齊文學家。他關於學鮮卑語、彈琵琶的話，見所著《顏氏家訓·教子》：

「齊朝有一士大夫，嘗謂吾曰：『我有一兒，年已十七，頗曉書疏，教其鮮卑語及彈琵琶，稍欲通解，以此伏事公卿，無不寵愛，亦要事也。』吾時俯而不答。異哉，此人之教子也！若由此業，自致卿相，亦不願汝曹為之。」

按顏之推是記述北齊「一士大夫」的話，並且表示反對，不是他自己的意見。魯迅後來在《〈撲空〉正誤》（收入《准風月談》）一文中作過說明。

8 和尚被焚的故事，見宋代李心傳《建炎以來繫年要錄》卷十八：建炎二年十二月，「自金人入中原，凡官漢地者，皆置通事，高下輕重，舞文納賄，人甚苦之。有僧訟富民，逋其錢數萬緡，而通事受賄，詭言天久不雨，此僧欲焚身動天。燕京留守尼楚哈許之。僧呼號，不能自明，竟以焚死。」

又宋代洪皓《松漠紀聞》有金國「銀珠哥大王」一則，記燕京一個富僧收債的事，內容與此相似。通事，當時對口譯人員的稱呼。

9 指顧頡剛等。據《魯迅日記》：一九二七年三月二十九日，作者自中山大學移居白雲路白雲樓二十六號二樓。

10 即《工商日報》，香港報紙，創刊於一九二五年七月。

11 一九二四年一月，孫中山在廣州召開國民黨第一次全國代表大會，改組國民黨，承認共產黨員以個人資格參加該黨，形成了國共合作的革命統一戰線。但到一九二七年春季，北伐軍進展至長江下游，中共發動暴亂及工潮，北伐軍被迫進行「清黨運動」。

12 《晨報副刊》為研究系（梁啟超、湯化龍等組織的政治團體）在北京出版的機關報（晨報）的副刊。《晨報》在政治上擁護北洋政府，但它的副刊在進步力量的推動下，一個時期內卻是贊助新文化運動的重要期刊之一。自一九二一年秋至一九二四年冬約三年間，由孫伏園編輯，魯迅經常為該刊寫稿，但並非「特約撰述員」。

13 一九二七年七月十五日以前，以汪精衛為首的武漢國民黨反革命派，還沒有正式決定「分共」，公開與南京蔣介石反革命派合流，當時的武漢還是國共合作的革命政府的所在地。

14 即被槍殺於路上的意思，由成語「壽終正寢」改變而來。

15 陳大悲，浙江杭縣（今餘杭）人，當時的話劇工作者。一九二三年八月，《晨報副刊》連續刊載他翻譯的英國高爾斯華綏的劇本《忠友》；九月十七日陳西瀅在《晨報副刊》發表《高斯倭綏之幸運與厄運——讀陳大悲先生所譯的〈忠友〉》一文，指責他譯文中的錯誤。徐丹甫在《北京文藝界之分門別戶》中說魯迅因此事停止了向《晨報副刊》投稿，意思是說魯迅反對《晨報副刊》發表陳西瀅的文字。

16 清代對地方最高長官總督的尊稱。

17 過去公函中慣用的客套語。意思是十分感佩（對方）熱心公事的厚意。紉，感佩。

18 《漢風雜誌》，時牲編輯，一九〇七年（清光緒三十三年）二月創刊於日本東京。第一號封面印有集南朝梁蕭統《文選》句：「攄懷舊之蓄念，發思古之幽情。光祖宗之玄靈，振大漢之天聲。」前二句見該書卷一班固《西都賦》，後二句見卷五十六班固《封燕然山銘》。

19 清末留學日本的湖北學生主辦的一種月刊，一九〇三年（清光緒二十九年）一月創刊於東京，第四期起改名《漢聲》。同年閏五月另編「閏月增刊」一冊，名為《舊學》，扉頁背面也印有上述《文選》句。

20 即樊仲雲，浙江嵊縣人，當時是商務印書館的編輯，抗日戰爭時期墮落為漢奸。這裡所引的文字見於他在《一般》雜誌第三號（一九二六年十一月）發表的評論《彷徨》的短文。《一般》，是上海立達學會主辦的一種月刊，一九二六年九月創刊，一九二九年十二月停刊，開明書店發行。

21 這個廣告連續登載於一九二七年七月五日至二十日香港《循環日報》。

讀書雜談[1]

——七月十六日在廣州知用中[2]講

因為知用中學的先生們希望我來演講一回，所以今天到這裡和諸君相見。不過我也沒有什麼東西可講。忽而想到學校是讀書的所在，就隨便談談讀書。是我個人的意見，姑且供諸君的參考，其實也算不得什麼演講。

說到讀書，似乎是很明白的事，只要拿書來讀就是了，但是並不這樣簡單。至少，就有兩種：一是職業的讀書，一是嗜好的讀書。所謂職業的讀書者，譬如學生因為升學，教員因為要講功課，不翻翻書，就有些危險的就是。

我想在坐的諸君之中一定有些這樣的經驗，有的不喜歡算學，有的不喜歡博物[3]，然而不得不學，否則，不能畢業，不能升學，和將來的生計便有妨礙了。我自己也這樣，因為做教員，有時即非看不喜歡看的書不可，要不這樣，怕不久便會於飯碗有妨。

我們習慣了，一說起讀書，就覺得是高尚的事情，其實這樣的讀書，和木匠的磨斧頭，裁縫的理針線並沒有什麼分別，並不見得高尚，有時還很苦痛，很可憐。你愛做的事，偏不給你做，你不愛做的，倒非做不可。這是由於職業和嗜好不能合一而來的。倘能夠大家去做愛做的事，而仍然各有飯吃，那是多麼幸福。但現在的社會上還做不到，所以讀書的人們的最大部分，大概是勉勉強強的，帶著苦痛的為職業的讀書。

現在再講嗜好的讀書罷。那是出於自願，全不勉強，離開了利害關係的。——我想，嗜好的讀書，該如愛打牌的一樣，天天打，夜夜打，連續的去打，有時被公安局捉去了，放出來之後還是打。諸君要知道真打牌的人的目的並不在贏錢，而在有趣。牌有怎樣的有趣呢，我是外行，不大明白。但聽得愛賭的人說，它妙在一張一張的摸起來，永遠變化無窮。我想，凡嗜好的讀書，能夠手不釋卷的原因也就是這樣。他在每一頁每一頁裡，都得著深厚的趣味。自然，也可以擴大精神，增加智識的，但這些倒都不計及，一計及，便等於意在贏錢的博徒了，這在博徒之中，也算是下品。

不過我的意思，並非說諸君應該都退了學，去看自己喜歡看的書去，這樣的時候還沒有到來；也許終於不會到，至多，將來可以設法使人們對於非做不可的事發生較多的興味罷了。我現在是說，愛看書的青年，大可以看看本分以外的書，即課外的書，不要只將課內的書抱住。但請不要誤解，我並非說，譬如在國文講堂上，應該在抽屜裡暗看《紅樓夢》之類；乃是說，應做的功課已完而有餘暇，大可以看看各樣的書，即使和本業毫不相干的，也要泛覽。譬如學理科的，偏看看文學書，學文學的，偏看看科學書，看看別個在那裡研究的，究竟是怎麼一回事。這樣子，對於別人，別事，可以有更深的瞭解。

現在中國有一個大毛病，就是人們大概以為自己所學的一門是最好，最妙，最要緊的學問，而別的都無用，都不足道的，弄這些不足道的東西的人，將來該當餓死。其實是，世界還沒有如此簡單，學問都各有用處，要定什麼是頭等還很難。也幸而有各式各樣的人，假如世界上全是文學家，到處所講的不是「文學的分類」便是「詩之構造」，那倒反而無聊得很了。

不過以上所說的，是附帶而得的效果，嗜好的讀書，本人自然並不計及那些，就如遊公園似的，隨隨便便去，因為隨隨便便，所以不吃力，因為不吃力，所以會覺得有趣。如果一本書拿到手，就滿心想道，「我在讀書了！」「我在用功了！」那就容易疲勞，因而減掉興味，或者變成苦事了。

我看現在的青年，為興味的讀書的是有的，我也常常遇到各樣的詢問。此刻就將我所想到的說一點，但是只限於文學方面，因為我不明白其他的。

第一，是往往分不清文學和文章。甚至於已經來動手做批評文章的，也免不了這毛病。其實粗粗的說，這是容易分別的。研究文章的歷史或理論的，是文學家，是學者；做做詩，或戲曲小說的，是做文章的人，就是古時候所謂文人，此刻所謂創作家。創作家不妨毫不理會文學史或理論，文學家也不妨做不出一句詩。然而中國社會上還很誤解，你做幾篇小說，便以為你一定懂得小說概論，做幾句新詩，就要你講詩之原理。我也嘗見想做小說的青年，先買小說法程和文學史來看。據我看來，是即使將這些書看爛了，和創作也沒有什麼關係的。

事實上，現在有幾個做文章的人，有時也確去做教授。但這是因為中國創作不值錢，養不活自己的緣故。聽說美國小名家的一篇中篇小說，時價是二千美金；中國呢，別人我不知道，我自己的短篇寄給大書鋪，每篇賣過二十元。當然要尋別的事，例如教書，講文學。研究是要用理智，要冷靜的，而創作須情感，至少總得發點熱，於是忽冷忽熱，弄得頭昏，——這也是職業和嗜好不能合一的苦處。苦倒也罷了，結果還是什麼都弄不好。那證據，是試翻世界文學史，那裡面的人，幾乎沒有兼做教授的。

還有一種壞處，是一做教員，未免有顧忌；教授有教授的架子，不能暢所欲言。這或者有人要反駁：那麼，你暢所欲言就是了，何必如此小心。然而這是事前的風涼話，一到有事，不知不覺地他也要從眾來攻擊的。而教授自身，縱使自以為怎樣放達，下意識裡總不免有架子在。所以在外國，稱為「教授小說」的東西倒並不少，但是不大有人說好，至少，是總難免有令人發煩的炫學的地方。

所以我想，研究文學是一件事，做文章又是一件事。

第二，我常被詢問：要弄文學，應該看什麼書？這實在是一個極難回答的問題。先前也曾有幾位先生給青年開過一大篇書目[4]。但從我看來，這是沒有什麼用處的，因為我覺得那都是開書目的先生自己想要看或者未必想要看的書目。我以為倘要弄舊的呢，倒不如姑且靠著張之洞的《書目答問》[5]去摸門徑去。倘是新的，研究文學，則自己先看看各種的小本子，如本間久雄的《新文學概論》[6]，廚川白村的《苦悶的象徵》[7]，瓦浪斯基們的《蘇俄的文藝論戰》[8]之類，然後自己再想想，再博覽下去。

因為文學的理論不像算學，二二一定得四，所以議論很紛歧。如第三種，便是俄國的兩派的爭論，——我附帶說一句，近來聽說連俄國的小說也不大有人看了，似乎一看見「俄」字就吃驚，其實蘇俄的新創作何嘗有人紹介，此刻譯出的幾本，都是革命前的作品，作者在那邊都已經被看作反革命的了。倘要看看文藝作品呢，則先看幾種名家的選本，從中覺得誰的作品自己最愛看，然後再看這一個作者的專集，然後再從文學史上看看他在史上的位置；倘要知道得更詳細，就看一兩本這人的傳記，那便可以大略瞭解了。如果專是請教別人，則各人的嗜好不同，總是格不相入的。

第三，說幾句關於批評的事。現在因為出版物太多了，——其實有什麼呢，而讀者因為不勝其紛紜，便渴望批評，於是批評家也便應運而起。

批評這東西，對於讀者，至少對於和這批評家趣旨相近的讀者，是有用的。但中國現在，似乎應該暫作別論。往往有人誤以為批評家對於創作是操生殺之權，占文壇的最高位的，就忽而變成批評家；他的靈魂上掛了刀。但是怕自己的立論不周密，便主張主觀，有時怕自己的觀察別人不看重，又主張客觀；有時說自己的作文的根柢全是同情，有時將校對者罵得一文不值。

凡中國的批評文字，我總是越看越糊塗，如果當真，就要無路可走。印度人是早知道的，有一個很普通的比喻。他們說：一個老翁和一個孩子用一匹驢子馱著貨物去出賣，貨賣去了，孩子騎驢回來，老翁跟著走。但路人責備他了，說是不曉事，叫老年人徒步。他們便換了一個地位，而旁人又說老人忍心；老人忙將孩子抱到鞍鞽上，後來看見的人卻說他們殘酷；於是都下來，走了不久，可又有人笑他們了，說他們是呆子，空著現成的驢子卻不騎。於是老人對孩子歎息道，我們只剩了一個辦法了，是我們兩人抬著驢子走[9]。無論讀，無論做，倘若旁徵博訪，結果是往往會弄到抬驢子走的。

不過我並非要大家不看批評，不過說看了之後，仍要看看本書，自己思索，自己做主。看別的書也一樣，仍要自己思索，自己觀察。倘只看書，便變成書櫥，即使自己覺得有趣，而那趣味其實是已在逐漸硬化，逐漸死去了。我先前反對青年躲進研究室[10]，也就是這意思，至今有些學者，還將這話算作我的一條罪狀哩。

聽說英國的培那特蕭（Bernard Shaw）[11]，有過這樣意思的話：世間最不行的是讀書者。因為他只能看別人的思想藝術，不用自己。這也就是勖本華爾（Schopenhauer）[12]之所謂腦子裡給別人跑馬。較好的是思索者。因為能用自己的生活力了，但還不免是空想，所以更好的是觀察者，他用自己的眼睛去讀世間這一部活書。

這是的確的，實地經驗總比看、聽、空想確鑿。我先前吃過乾荔枝，罐頭荔枝，陳年荔枝，並且由這些推想過新鮮的好荔枝。這回吃過了，和我所猜想的不同，非到廣東來吃就永不會知道。但我對於蕭的所說，還要加一點騎牆的議論。

蕭是愛爾蘭人，立論也不免有些偏激的。我以為假如從廣東鄉下找一個沒有歷練的人，叫他從上海到北京或者什麼地方，然後問他觀察所得，我恐怕是很有限的，因為他沒有練習過觀察力。所以要觀察，還是先要經過思索和讀書。

總之，我的意思是很簡單的：我們自動的讀書，即嗜好的讀書，請教別人是大抵無用，只好先行泛覽，然後抉擇而入於自己所愛的較專的一門或幾門；但專讀書也有弊病，所以必須和實社會接觸，使所讀的書活起來。

【注釋】

1 本篇記錄稿經作者校閱後，最初發表於一九二七年八月十八、十九、二十二日廣州《民國日報》副刊《現代青年》第一七九、一八〇、一八一期；後重刊於一九二七年九月十六日上海《北新》週刊第四十七、四十八期合刊。

2 一九二四年由廣州知用學社社友創辦的一所學校，北伐戰爭期間具有進步傾向。

3 舊時中學的一門課程，包括動物、植物、礦物等學科的內容。

4 這裡說的開一大篇書目，指胡適的《一個最低限度的國學書目》、梁啟超的《國學入門書要目及其讀法》和吳宓的《西洋文學入門必讀書目》等。這些書目都開列於一九二三年。

5 張之洞（一八三七－一九〇九），字孝達，直隸（今河北）南皮人，清末提倡「洋務運動」的官僚之一。曾任四川學政、湖廣總督、軍機大臣。《書目答問》是他在一八七五年（光緒元年）任四川學政時所編（一說為繆荃孫代筆）的一部舊學書目。

6 本間久雄：日本文藝理論家。曾任早稻田大學教授。《新文學概論》有章錫琛中譯本，一九二五年八月商務印書館出版。

7 廚川白村（一八八〇—一九二三）：日本文藝理論家。曾任京都帝國大學教授。《苦悶的象徵》是他的文藝論文集，有魯迅中譯本。一九二四年十二月北京新潮社出版。

8 任國楨譯，內收一九二三年至一九二四年間蘇聯瓦浪斯基等人關於文藝問題的論文四篇。一九二五年八月北新書局出版。

9 這個比喻見於印度何種書籍，未詳。一八八八年（清光緒十四年）張赤山譯的伊索寓言《海國妙喻・喪驢》中也有同樣內容的故事。

10 「五四」以後，胡適提出「進研究室」、「整理國故」的主張，企圖誘使青年脫離現實鬥爭。一九二四年間，魯迅曾多次寫文章批駁過，參看《墳・未有天才之前》等文。

11 即蕭伯納。英國劇作家、批評家。他關於「讀書者」、「思索者」、「觀察者」的議論見於何種著作，未詳。（英國學者嘉勒爾說過類似的話，見魯迅譯日本鶴見祐輔《思想・山水・人物》中的《說旅行》。）

12 即叔本華，德國哲學家，唯意志論者。「腦子裡給別人跑馬」，可能指他的《讀書和書籍》中的這段話：「我們讀著的時候，別人卻替我們想。我們不過反覆了這人的心的過程。……讀書時，我們的腦已非自己的活動地。這是別人的思想的戰場了。」

通信[1]

小峰[2]兄：

收到了幾期《語絲》，看見有《魯迅在廣東》[3]的一個廣告，說是我的言論之類，都收集在內。後來的另一廣告上，卻變成「魯迅著」了。我以為這不大好。

我到中山大學的本意，原不過是教書。然而有些青年大開其歡迎會。我知道不妙，所以首先第一回演說，就聲明我不是什麼「戰士」，「革命家」。倘若是的，就應該在北京，廈門奮鬥；但我躲到「革命後方」[4]的廣州來了，這就是並非「戰士」的證據。

不料主席的某先生[5]——他那時是委員——接著演說，說這是我太謙虛，就我過去的事實看來，確是一個戰鬥者，革命者。於是禮堂上劈劈拍拍一陣拍手，我的「戰士」便做定了。拍手之後，大家都已走散，再向誰去推辭？我只好咬著牙關，背了「戰士」的招牌走進房裡去，想到敝同鄉秋瑾[6]姑娘，就是被這種劈劈拍拍的拍手拍死的。我莫非也非「陣亡」不可麼？

沒有法子，姑且由它去罷。然而苦矣！訪問的，研究的，談文學的，偵探思想的，要做序，題簽的，請演說的，鬧得個不亦樂乎。我尤其怕的是演說，因為它有指定的時候，不聽拖延。臨時到來一班青年，連勸帶逼，將你綁了出去。而所說的話是大概有一定的題目的。命題作文，我最不擅長。否則，我在清朝不早進了秀才了麼？然而不得已，也只好起承轉合，上臺去說幾句。但我自有定例：至多以十分鐘為限。可是心裡還是不舒服，事前事後，我常常對熟人歎息說：不料我竟到「革命的策源地」來做洋八股了。

還有一層，我凡有東西發表，無論講義，演說，是必須自己看過的。但那時太忙，有時不但稿子沒有看，連印出了之後也沒有看。這回變成書了，我也今天才知道，而終於不明白究竟是怎麼一回事，裡面是怎樣的東西。現在我也不想拿什麼費話來搗亂，但以我們多年的交情，希望你最好允許我實行下列三樣——

一，將書中的我的演說，文章等都刪去。

二，將廣告上的著者的署名改正。

三，將這信在《語絲》上發表。

這樣一來，就只剩了別人所編的別人的文章，我當然心安理得，無話可說了。但是，還有一層，看了《魯迅在廣東》，是不足以很知道魯迅之在廣東的。我想，要後面再加上幾十頁白紙，才可以稱為「魯迅在廣東」。

回想起我這一年的境遇來，有時實在覺得有味。在廈門，是到時靜悄悄，後來大熱鬧；在廣東，是到時大熱鬧，後來靜悄悄。肚大兩頭尖，像一個橄欖。我如有作品，題這名目是最好的，可惜被郭沫若先生占先用去了[7]。但好在我也沒有作品。

至於那時關於我的文字，大概是多的罷。我還記得每有一篇登出，某教授便魂不附體似的對我說道：「又在恭維你了！看見了麼？」我總點點頭，說，「看見了。」談下去，他照例說，「在西洋，文學是只有女人看的。」我也點點頭，說，「大概是的罷。」心裡卻想：戰士和革命者的虛銜，大約不久就要革掉了罷。

照那時的形勢看來，實在也足令認明了我的「紙糊的假冠」[8]的才子們生氣。但那形勢是另有緣故的，以非急切，姑且不談。現在所要說的，只是報上所表見的，乃是一時的情形；此刻早沒有假冠了，可惜報上並不記載。但我在廣東的魯迅自己，是知道的，所以寫一點出來，給憎惡我的先生們平平心——

一，「戰鬥」和「革命」，先前幾乎有修改為「搗亂」的趨勢，現在大約可以免了。但舊銜似乎已經革去。

二，要我做序的書，已經托故取回。期刊上的我的題簽，已經撤換。

三，報上說我已經逃走，或者說我到漢口去了。寫信去更正，就沒收。

四，有一種報上，竭力不使它有「魯迅」兩字出現，這是由比較兩種報上的同一記事而知道的。

五，一種報上，已給我另定了一種頭銜，曰：雜感家[9]。評論是「特長即在他的尖銳的筆調，此外別無可稱。」然而他希望我們和《現代評論》[10]合作。為什麼呢？他說：「因為我們細考兩派文章思想，初無什麼大別。」（此刻我才知道，這篇文章是轉錄上海的《學燈》[11]的。原來如此，無怪其然。寫完之後，追注。）

六，一個學者[12]已經說是我的文字損害了他，要將我送官了，先給我一個命令道：「暫勿離粵，以俟開審！」

啊呀，仁兄，你看這怎麼得了呀！逃掉了五色旗下的「鐵窗斧鉞風味」，而在青天白日之下又有「縲絏之憂」[13]了。「孔子曰：『非其罪也。』以其子妻之。」怕未必有這樣僥倖的事罷，唉唉，嗚呼！

但那是其實沒有什麼的，以上云云，真是「小病呻吟」。我之所以要聲明，不過希望大家不要誤解，以為我是坐在高臺上指揮「思想革命」而已。尤其是有幾位青年，納罕我為什麼近來不開口。你看，再開口，豈不要永「勿離粵，以俟開審」了麼？語有之曰：是非只為多開口，煩惱皆因強出頭。此之謂也。

我所遇見的那些事，全是社會上的常情，我倒並不覺得怎樣。我所感到悲哀的，是有幾個同我來的學生，至今還找不到學校進，還在顛沛流離。我還要補足一句，是：他們都不是共產黨，也不是親共派。其吃苦的原因，就在和我認得。所以有一個，曾得到他的同鄉的忠告道：「你以後不要再說你是魯迅的學生了罷。」在某大學裡，聽說尤其嚴厲，看看《語絲》，就要被稱為「語絲派」；和我認識，就要被叫為「魯迅派」的。

這樣子，我想，已經夠了，大足以平平正人君子[14]之流的心了。但還要聲明一句，這是一部分的人們對我的情形。此外，肯忘掉我，或者至今還和我來往，或要我寫字或講演的人，偶然也仍舊有的。

《語絲》我仍舊愛看，還是他能夠破破我的岑寂。但據我看來，其中有些關於南邊的議論，未免有一點隔膜。譬如，有一回，似乎頗以「正人君子」之南下為奇，殊不知《現代》在這裡，一向是銷行很廣的。相距太遠，也難怪。我在廈門，還只知道一個共產黨的總名，到此以後，才知道其中有CP和CY[15]之分。一直到近來，才知道非共產黨而稱為什麼Y什麼Y[16]的，還不止一種。

我又彷彿感到有一個團體，是自以為正統，而喜歡監督思想的[17]。我似乎也就在被監督之列，有時遇見盤問式的訪問者，我往往疑心就是他們。但是否的確如此，也到底摸不清，即使真的，我也說不出名目，因為那些名目，多是我所沒有聽到過的。

以上算是牢騷。但我覺得正人君子這回是可以審問我了：「你知道苦了罷？你改悔不改悔？」大約也不但正人君子，凡對我有些好意的人，也要問的。我的仁兄，你也許即是其一。我可以即刻答覆：「一點不苦，一點不悔。而且倒很有趣的。」

土耳其雞[18]的雞冠似的彩色的變換，在「以俟開審」之暇，隨便看看，實在是有趣的。你知道沒有？一群正人君子，連拜服「孤桐先生」[19]的陳源教授即西瀅[20]，都捨棄了公理正義的棧房的東吉祥胡同，到青天白日旗下來「服務」了。《民報》的廣告在我的名字上用了「權威」兩個字，當時陳源教授多麼挖苦呀[21]。這回我看見《閒話》[22]出版的廣告，道：「想認識這位文藝批評界的權威的，——尤其不可不讀《閒話》！」這真使我覺得飄飄然，原來你不必「請君入甕」[23]，自己也曾爬進來！

但那廣告上又舉出一個曾經被稱為「學棍」[24]的魯迅來，而這回偏尊之曰「先生」，居然和這「文藝批評界的權威」並列，卻確乎給了我一個不小的打擊。我立刻自覺：啊呀，痛哉，又被釘在木板上替「文藝批評界的權威」做廣告了。兩個「權威」，一個假的和一個真的，一個被「權威」挖苦的「權威」和一個挖苦「權威」的「權威」。呵呵！

祝你安好。我是好的。

魯迅。九，三。

【注釋】

1 本篇最初發表於一九二七年十月一日《語絲》週刊第一五一期。

2 李小峰（一八九二—一九七一），江蘇江陰人。曾參加過新潮社和語絲社，後來是北新書局的主持人。

3 鍾敬文編輯，內收魯迅到廣州後，別人所作關於魯迅的文字十二篇和魯迅的講演記錄稿三篇、雜文一篇。一九二七年七月上海北新書局出版。

4 一九二六年七月國民革命軍自廣東出師北伐，因而當時廣東有「革命後方」之稱。

5 指國民黨政客朱家驊，他當時任中山大學委員會委員（實際主持校務）。一九二七年一月二十五日在中大學生歡迎魯迅的大會上，他也借機發表演說。

6 秋瑾（一八七五—一九〇七），字璿卿，號競雄，別號鑑湖女俠，浙江紹興人。一九〇四年留學日本，積極參加留日學生的革命活動，先後加入光復會、同盟會。一九〇七年在紹興主持大通師範學堂，組織光復軍，和準備與徐錫麟在浙、皖同時起義。徐錫麟起事失敗後，她於七月十三日被清政府逮捕，十五日遇害。

7 郭沫若（一八九二—一九七八）：四川樂山人，創造社的主要成員，文學家、歷史學家和社會活動家。他的小說散文集《橄欖》，一九二六年九月創造社出版。

8 這是高長虹嘲罵作者的話。高在一九二六年十一月七日《狂飆》第五期《一九二五北京出版界形勢指掌圖》一文中說：「實際的反抗者（按指北京女子師範大學風潮中被迫害的學生）從哭聲中被迫出校後……魯迅遂戴其紙糊的權威者的假冠入於心身交病之狀況矣！」高長虹（一八九八—一九五四），本名高仰愈，長虹是他的筆名。他在長達二十餘年的文學創作生涯中發表作品上千篇，出版著作十七本，是雜文創作最多產、最有成就的作家之一。

9 指香港《循環日報》。引文見一九二七年六月十日、十一日該報副刊《循環世界》所載徐丹甫《北京文藝界之分門別戶》一文。

10 綜合性周刊，胡適、陳西瀅、王世杰、徐志摩等人主辦的同人雜誌。一九二四年十二月十三日創刊於北京，一九二七年七月移至上海出版，一九二八年底停刊。這個雜誌的主要成員，被稱為「現代評論派」。他們原依附北洋政府，後來轉而投靠蔣介石政權。

11 上海《時事新報》的副刊。一九一八年三月四日創刊，一九四七年二月二十四日停刊。《時事新報》當時是研究系的報紙。

12 指顧頡剛。一九二七年七月，顧頡剛從漢口《中央日報》副刊看到作者致孫伏園信，其中有「在廈門那麼反對民黨……的顧頡剛」等語，他即致函作者，說「誠恐此中是非，非筆墨口舌所可明瞭，擬於九月中旬回粵後，提起訴訟，聽候法律解決」，並要作者「暫勿離粵，以俟開審」。參看《三閒集·辭顧頡剛教授令「候審」》。

13 《論語·公冶長》：「子謂『公冶長，可妻也；雖在縲絏之中，非其罪也。』以其子妻之。」公冶長，孔丘弟子。縲絏，小作縲紲，古時繫罪人的黑色繩索。

14 指現代評論派的陳西瀅等人。他們在一九二五年女師大風潮中，竭力為章士釗迫害學生的行為辯護。這些人大都住在北京東吉祥胡同，曾被《大同晚報》稱為「東吉祥派之正人君子」。

15 CP：英文 Communist Party 的縮寫，即共產黨；CY，英文 Communist Youth 的縮寫，即共產主義青年團。

16 指國民黨御用的反動青年組織。如L・Y・即所謂「左派青年團」；T・Y・即「三民主義同志社」。

17 指所謂「士的派」（又稱「樹的黨」），國民黨右派「孫文主義學會」所操縱的廣州學生界的一個反動團體。按「士的」是英語 Stick（手杖、棍子）的音譯。

18 即吐綬雞，俗稱火雞。頭部有紅色肉冠，喉下垂紅色肉瓣；公雞常擴翼展尾如扇狀，同時肉冠及肉瓣便由紅色變為藍白色。

19 章士釗（一八八一－一九七三），字行嚴，筆名孤桐，湖南長沙人。一九二四年至一九二六年間任段祺瑞執政府的司法總長兼教育總長。

20 陳源（一八九六－一九七〇）字通伯，筆名西瀅，江蘇無錫人。曾任北京大學教授，現代評論派的重要成員。

21 一九二五年七月創刊於北京，不久即被奉系軍閥張作霖查封。一九二五年八月初，《民報》在《京報》《晨報》刊登廣告，宣傳該報的「十二大特色」，其中之一是「增加副刊」，有「本報自八月五日起增加副刊一張。專登學術思想及文藝等，並特約中國思想界之權威者魯迅……諸先生隨時為副刊撰著」等語。陳西瀅於一九二六年一月三十日《晨報副刊》發表的《致志摩》中挖苦作者說：「不是有一次一個報館訪員稱我們為『文士』嗎？魯迅先生為了那名字幾乎笑掉了牙。可是後來某報天天鼓吹他是『思想界的權威者』，他倒又不笑了。」

22 陳西瀅發表在《現代評論》「閒話」專欄文章的結集，名為《西瀅閒話》，一九二八年三月上海新月書店出版。

23 《資治通鑑》則天后天授二年：「或告文昌右丞周興與丘神勣通謀，太后命來俊臣鞫之，俊臣與興方推事對食，謂興曰：『囚多不承，當為何法？』興曰：『此甚易耳！取大甕，以炭四周炙之，令囚入中，何事不承！』俊臣乃索大甕，火圍如興法，因起謂興曰：『有內狀推兄，請兄入此甕！』興惶恐叩頭伏罪。」後來「請君入甕」便引申為即以其人之道還治其人之身的意思。

24 在北京女師大風潮中，國家主義派的《國魂》旬刊第九期（一九二五年十二月三十日），登有姜華的《學匪與學閥》一文，辱罵作者及其他支持女師大學生鬥爭的教員為「學匪」、「學棍」；現代評論派也曾用這類話對作者等進行辱罵攻擊。

答有恆先生[1]

有恆[2]先生：

你的許多話，今天在《北新》[3]上看見了。我感謝你對於我的希望和好意，這是我看得出來的。現在我想簡略地奉答幾句，並以寄和你意見相仿的諸位。

我很閒，決不至於連寫字工夫都沒有。但我的不發議論，是很久了，還是去年夏天決定的，我預定的沉默期間是兩年。我看得時光不大重要，有時往往將它當作兒戲。

但現在沉默的原因，卻不是先前決定的原因，因為我離開廈門的時候，思想已經有些改變。這種變遷的徑路，說起來太煩，姑且略掉罷，我希望自己將來或者會發表。單就近時而言，則大原因之一，是：我恐怖了。而且這種恐怖，我覺得從來沒有經驗過。

我至今還沒有將這「恐怖」仔細分析。姑且說一兩種我自己已經診察明白的，則：

一，我的一種妄想破滅了。我至今為止，時時有一種樂觀，以為壓迫，殺戮青年的，大概是老人。這種老人漸漸死去，中國總可比較地有生氣。現在我知道不然了，殺戮青年的，似乎倒大概是青年，而且對於別個的不能再造的生命和青春，更無顧惜。如果對於動物，也要算「暴殄天物」[4]。我尤其怕看的是勝利者的得意之筆：「用斧劈死」呀，……「亂槍刺死」呀……。我其實並不是急進的改革論者，我沒有反對過死刑。但對於凌遲和滅族，我曾表示過十分的憎惡和悲痛，我以為二十世紀的人群中是不應該有的。斧劈槍刺，自然不說是凌遲，但我們不能用一粒子彈打在他後腦上麼？結果是一樣的，對方的死亡。但事實是事實，血的遊戲已經開頭，而角色又是青年，並且有得意之色。我現在已經看不見這齣戲的收場。

二，我發見了我自己是一個……。是什麼呢？我一時定不出名目來。我曾經說過：中國歷來是排著吃人的筵宴，有吃的，有被吃的。被吃的也曾吃人，正吃的也會被吃。[5]但我現在發見了，我自己也幫助著排筵宴。先生，你是看我的作品的，我現在發一個問題：看了之後，使你麻木，還是使你清楚；使你昏沉，還是使你活潑？倘所覺的是後者，那我的自己裁判，便證實大半了。

中國的筵席上有一種「醉蝦」[6]，蝦越鮮活，吃的人便越高興，越暢快。我就是做這醉蝦的幫手，弄清了老實而不幸的青年的腦子和弄敏了他的感覺，使他萬一遭災時來嘗加倍的苦痛，同時給憎惡他的人們賞玩這較靈的苦痛，得到格外的享樂。我有一種設想，以為無論討赤軍，討革軍，倘捕到敵黨的有智識的如學生之類，一定特別加刑，甚於對工人或其他無智識者。為什麼呢，因為他可以看見更銳敏微細的痛苦的表情，得到特別的愉快。倘我的假設是不錯的，那麼，我的自己裁判，便完全證實了。

所以，我終於覺得無話可說。

倘若再和陳源教授之流開玩笑罷，那是容易的，我昨天就寫了一點[7]。然而無聊，我覺得他們不成什麼問題。他們其實至多也不過吃半隻蝦或呷幾口醉蝦的醋。況且聽說他們已經別離了最佩服的「孤桐先生」，而到青天白日旗下來革命了。我想，只要青天白日旗插遠去，恐怕「孤桐先生」也會來革命的。不成問題了，都革命了，浩浩蕩蕩。

問題倒在我自己的落伍。還有一點小事情。就是，我先前的弄「刀筆」[8]的罰，現在似乎降下來了。種牡丹者得花，種蒺藜者得刺，這是應該的，我毫無怨恨。但不平的是這罰彷彿太重一點，還有悲哀的是帶累了幾個同事和學生。

他們什麼罪孽呢，就因為常常和我往來，並不說我壞。凡如此的，現在就要被稱為「魯迅黨」或「語絲派」，這是「研究系」[9]和「現代派」宣傳的一個大成功。所以近一年來，魯迅已以被「投諸四裔」[10]為原則了。

不說不知道，我在廈門的時候，後來是被搬在一所四無鄰居的大洋樓上了，陪我的都是書，深夜還聽到樓下野獸「唔唔」地叫。但我是不怕冷靜的，況且還有學生來談談。然而來了第二下的打擊：三個椅子要搬去兩個，說是什麼先生的少爺已到，要去用了。這時我實在很氣憤，便問他：倘若他的孫少爺也到，我就得坐在樓板上麼？不行！沒有搬去，然而來了第三下的打擊，一個教授微笑道：又發名士脾氣了[11]。廈門的天條，似乎是名士才能有多於一個的椅子的。「又」者，所以形容我常發名士脾氣也，《春秋》筆法[12]，先生，你大概明白的罷。還有第四下的打擊，那是我臨走的時候了，有人說我之所以走，一因為沒有酒喝，二因為看見別人的家眷來了，心裡不舒服[13]。這還是根據那一次的「名士脾氣」的。

這不過隨便想到一件小事。但，即此一端，你也就可以原諒我嚇得不敢開口之情有可原了罷。我知道你是不希望我做醉蝦的。我再鬥下去，也許會「身心交病」。然而「身心交病」，又會被人嘲笑的。自然，這些都不要緊。但我何苦呢，做醉蝦？

不過我這回最僥倖的是終於沒有被做成為共產黨。曾經有一位青年，想以獨秀[14]辦《新青年》，而我在那裡做過文章這一件事，來證成我是共產黨。但即被別一位青年推翻了，他知道那時連獨秀也還未講共產。退一步，「親共派」罷，終於也沒有弄成功。倘我一出中山大學即離廣州，我想，是要被排進去的；但我不走，所以報上「逃走了」「到漢口去了」的鬧了一通之後，倒也沒有事了。

天下究竟還有光明，沒有人說我有「分身法」。現在是，似乎沒有什麼頭銜了，但據「現代派」說，我是「語絲派的首領」。這和生命大約並無什麼直接關係，或者倒不大要緊的，只要他們沒有第二下。倘如「主角」唐有壬似的又說什麼「墨斯科的命令」[15]，那可就又有些不妙了。

筆一滑，話說遠了，趕緊回到「落伍」問題去。我想，先生，你大約看見的，我曾經歎息中國沒有敢「撫哭叛徒的弔客」[16]，而今何如？你也看見，在這半年中，我何嘗說過一句話？雖然我曾在講堂上公表過我的意思，雖然我的文章那時也無處發表，雖然我是早已不說話，但這都不足以作我的辯解。總而言之，現在倘再發那些四平八穩的「救救孩子」似的議論，連我自己聽去，也覺得空空洞洞了。

還有，我先前的攻擊社會，其實也是無聊的。社會沒有知道我在攻擊，倘一知道，我早已死無葬身之所了。試一攻擊社會的一分子的陳源之類，看如何？而況四萬萬也哉？我之得以偷生者，因為他們大多數不識字，不知道，並且我的話也無效力，如一箭之入大海。否則，幾條雜感，就可以送命的。民眾的罰惡之心，並不下於學者和軍閥。

近來我悟到凡帶一點改革性的主張，倘於社會無涉，才可以作為「廢話」

而存留，萬一見效，提倡者即大概不免吃苦或殺身之禍。古今中外，其揆一也。即如目前的事，吳稚暉[17]先生不也有一種主義的麼？而他不但不被普天同憤，且可以大呼「打倒……嚴辦」者，即因為赤黨要實行共產主義於二十年之後，而他的主義卻須數百年之後或者才行，由此觀之，近於廢話故也。人那有遙管十餘代以後的灰孫子時代的世界的閒情別致也哉？

話已經說得不少，我想收梢了。我感於先生的毫無冷笑和惡意的態度，所以也誠實的奉答，自然，一半也借此發些牢騷。但我要聲明，上面的說話中，我並不含有謙虛，我知道我自己，我解剖自己並不比解剖別人留情面。好幾個滿肚子惡意的所謂批評家，竭力搜索，都尋不出我的真症候。所以我這回自己說一點，當然不過一部分，有許多還是隱藏著的。

我覺得我也許從此不再有什麼話要說，恐怖一去，來的是什麼呢，我還不得而知，恐怕不見得是好東西罷。但我也在救助我自己，還是老法子：一是麻痺，二是忘卻。一面掙扎著，還想從以後淡下去的「淡淡的血痕中」[18]看見一點東西，謄在紙片上。

魯迅　九，四

【注釋】

1 本篇最初發表於一九二七年十月一日上海《北新》週刊第四十九、五十期合刊。

2 時有恒，江蘇徐州人。他在一九二七年八月十六日《北新》週刊第四十三、四十四期合刊上，發表一篇題為《這時節》的雜感，其中有涉及作者的話：「久不見魯迅先生等的對盲目的思想行為下攻擊的文字了」，「在現在的國民革命正沸騰的時候，我們把魯迅先生的一切創作……讀讀，當能給我們以新路的認識」，「我們懇切地祈望魯迅先生出馬。……因為救救孩子要緊呀。」魯迅因作本文回答。

3 綜合性雜誌，上海北新書局發行，一九二六年七月創刊。初為週刊，一九二七年十一月第二卷第一期起改為半月刊，出至一九三〇年十二月第四卷第二十四期停刊。

4 語見《尚書．武成》：「今商王受（紂）無道，暴殄天物，害虐蒸民。」據唐代孔穎達疏，「天物」是指不包含人在內的「天下百物，鳥獸草木」。

5 關於吃人的筵宴的議論，參看《墳．燈下漫筆》第二節。

6 江浙等地把活蝦放進醋、酒、醬油等拌成的配料裡生吃的一種菜。

7 即本文後一篇《辭「大義」》。

8 古代書吏在辦理文書時，經常要使用刀和筆兩種工具（用筆寫在竹簡或木札上，有誤則用刀去削去），所以秦漢時的書吏被稱為刀筆吏；後來這個名稱又轉為一般舞文弄法的訟師的通稱。陳西瀅在一九二六年一月三十日《晨報副刊》發表的《致志摩》中，誣蔑魯迅「是做了十幾年官的刑名師爺」和「刀筆吏」。

9 指在北洋軍閥黎元洪任總統時期，梁啟超、湯化龍等人組織的「憲法研究會」的政客集團。在他們主辦的《時事新報》副刊《學燈》上，曾刊載《北京文藝界之分別門戶》一文，內稱

「與『現代派』抗衡者是『語絲派』」，又說「語絲派」以魯迅「為主」。「現代派」，即現代評論派，他們曾稱魯迅為「語絲派首領」。參看本書〈革「首領」〉一文。

10 流放到四方邊遠的地方去。語見《左傳》文公十八年：「舜臣堯，賓於四門；流四凶族：渾敦、窮奇、檮杌、饕餮，投諸四裔，以禦螭魅。」

11 指顧頡剛。作者一九二六年九月三十日致許廣平信中說：「此地所請的教授，我和兼士之外，還有朱山根（按指顧頡剛）。這人是陳源之流，我是早知道的。……他已在開始排斥我，說我是『名士派』，可笑。」（見《兩地書．四十八》）

12 《春秋》是春秋時期魯國的史書，相傳為孔丘所修。過去的經學家認為它每用一字，都含有「褒」「貶」的「微言大義」，稱之為「春秋筆法」。

13 這裡指陳萬里（田千頃）、黃堅（白果）等散布的流言。參看《兩地書．一一二》。

14 陳獨秀（一八八〇—一九四二），字仲甫，安徽懷寧人，北京大學教授，《新青年》雜誌的創辦人，「五四」時期提倡新文化運動的主要人物。一九二一年中國共產黨成立後，任總書記。於一九二九年十一月被開除出黨。

15 唐有壬（一八九三—一九三五），湖南瀏陽人。當時是《現代評論》的經常撰稿人；以後依附汪精衛，任國民黨政府外交部次長，是著名的親日派分子。一九二六年五月十二日上海小報《晶報》載有《現代評論被收買？》的一則新聞，其中曾引用《語絲》上揭發《現代評論》收受段祺瑞津貼的文字；接著唐有壬便於同月十八日致函《晶報》強作辯解，並造謠說：「《現代評論》被收買的消息，起源於俄國莫斯科。在去年春間，我有個朋友由莫斯科寫信來告訴我，說此間的中國人盛傳《現代評論》是段祺瑞辦的，由章士釗經手每月津貼三千塊錢。當時我們聽了，以為這不過是共產黨造謠的慣技，不足為奇。」《晶報》在發表這封信時，標題是《現代評論主角唐有壬致本報書》。

16 參看《華蓋集．這個與那個》第二節《最先與最後》。這裡說的「叛徒」，指舊制度的叛逆者。

17 吳稚暉（一八六五—一九五三），名敬恒，江蘇武進人。自稱為無政府主義者，在一九二六年二月給邵飄萍的一封信中說過這樣的話：「赤化就是所謂共產，這實在是三百年以後的事；猶之乎還有比他更進步的，叫做無政府，他更是三千年以後的事。」

18 一九二六年三月十八日，北洋軍閥段祺瑞政府槍殺請願的愛國學生和市民後，作者曾作散文詩《淡淡的血痕中》（收入《野草》），以悼念死者，並號召生者繼續戰鬥。

辭「大義」[1]

我自從去年得罪了正人君子們的「孤桐先生」，弄得六面碰壁，只好逃出北京以後，默默無語，一年有零。以為正人君子們忘記了這個「學棍」了罷，——哈哈，並沒有。

印度有一個泰戈爾[2]。這泰戈爾到過震旦來，改名竺震旦。因為這竺震旦做過一本《新月集》，所以這震旦就有了一個新月社[3]，——中間我不大明白了——現在又有一個叫作新月書店的。這新月書店要出版的有一本《閒話》，這本《閒話》的廣告裡有下面這幾句話：

「……魯迅先生（語絲派首領）所仗的大義，他的戰略，讀過《華蓋集》的人，想必已經認識了。但是現代派的義旗，和它的主將——西瀅先生的戰略，我們還沒有明瞭。……」

「派」呀，「首領」呀，這種謚法實在有些可怕。不遠就又會有人來誚罵。甲道：看哪！魯迅居然稱為首領了。天下有這種首領的麼？乙道：他就專愛虛榮。人家稱他首領，他就滿臉高興。我親眼看見的。

但這是我領教慣的教訓了，並不為奇。這回所覺得新鮮而惶恐的，是忽而將寶貴的「大義」硬塞在我手裡，給我豎起大旗來，叫我和「現代派」的「主將」去對壘。我早已說過：公理和正義，都被正人君子奪去了，所以我已經一無所有[4]。大義麼，我連它是圓柱形的呢還是橢圓形的都不知道，叫我怎麼「仗」？

「主將」呢，自然以有「義旗」為體面罷。不過我沒有這麼冠冕。既不成「派」，也沒有做「首領」，更沒有「仗」過「大義」。更沒有用什麼「戰略」，因為我未見廣告以前，竟沒有知道西瀅先生是「現代派」的「主將」，——我總當他是一個嘍囉兒。

我對於我自己，所知道的是這樣的。我想，「孤桐先生」尚在，「現代派」該也未必忘了曾有人稱我為「學匪」，「學棍」，「刀筆吏」的，而今忽假「魯迅先生」以「大義」者，但為廣告起見而已。

嗚呼，魯迅魯迅，多少廣告，假汝之名以行！

九月三日

【注釋】

1 本篇最初發表於一九二七年十月一日《語絲》週刊第一五一期。

2 泰戈爾（R.Tagore, 一八六一——一九四一），印度詩人。一九二四年四月間曾到過我國。竺震旦是他在我國過六十四歲生日時梁啟超給他起的中國名字。我國古代稱印度為天竺，簡稱竺國；那時印度一帶僧人初入中國，多用「竺」字冠其名。震旦是古代印度人對中國的稱呼。

3 以一些資產階級知識分子為核心的文學和政治團體。約成立於一九二三年，主要人物為胡適、徐志摩、梁實秋、羅隆基等。該社取名於泰戈爾的詩集《新月集》，曾以詩社的名義於一九二六年夏天借北京《晨報副刊》版面出過《詩刊》（週刊）十一期；一九二七年該社分子多數南下，在上海創辦新月書店，於一九二八年三月發刊綜合性的《新月》月刊，進行反共和反對革命文學的活動。

4 「公理」和「正義」，是現代評論派陳西瀅等人在支持章士釗、楊蔭榆壓迫女師大學生時經常使用的字眼。一九二五年十一月底，當女師大學生鬥爭勝利，回校復課時，陳西瀅、王世杰等人又組織所謂「教育界公理維持會」，反對女師大復校，支持章士釗另立女子大學。作者在《新的薔薇》一文中曾說：「公理是只有一個的。然而聽說這早被他們拿去了，所以我已經一無所有。」（見《華蓋集續編》）

反「漫談」[1]

我一向對於《語絲》沒有恭維過，今天熬不住要說幾句了：的確可愛。真是《語絲》之所以為《語絲》。

像我似的「世故的老人」[2]是已經不行，有時不敢說，有時不願說，有時不肯說，有時以為無須說。有此工夫，不如吃點心。但《語絲》上卻總有人出來發迂論，如《教育漫談》[3]，對教育當局去談教育，即其一也。

「不可與言而與之言」，即是「知其不可為而為之」[4]，一定要有這種人，世界才不寂寞。這一點，我是佩服的。但也許因為「世故」作怪罷，不知怎地佩服中總帶一些腹誹，還夾幾分傷慘。徐先生是我的熟人，所以再三思維，終於決定貢獻一點意見。這一種學識，乃是我身做十多年官僚，目睹一打以上總長，這才陸續地獲得，輕易是不肯說的。

對「教育當局」談教育的根本誤點，是在將這四個字的力點看錯了：以為他要來辦「教育」。其實不然，大抵是來做「當局」的。

這可以用過去的事實證明。因為重在「當局」，所以——

一 學校的會計員，可以做教育總長。

二 教育總長，可以忽而化為內務總長。

三 司法，海軍總長，可以兼任教育總長。

曾經有一位總長，聽說，他的出來就職，是因為某公司要來立案，表決時可以多一個贊成者，所以再作馮婦[5]的。但也有人來和他談教育。我有時真想將這老實人一把抓出來，即刻勒令他回家陪太太喝茶去。

所以：教育當局，十之九是意在「當局」，但有些是意並不在「當局」。

這時候，也許有人要問：那麼，他為什麼有舉動呢？

我於是勃然大怒道：這就是他在「當局」呀！說得露骨一點，就是「做官」！不然，為什麼叫「做」？

我得到這一種徹底的學識，也不是容易事，所以難免有一點學者的高傲態度，請徐先生恕之。以下是略述我所以得到這學識的歷史——

我所目睹的一打以上的總長之中，有兩位是喜歡屬員上條陳的。於是聽話的屬員，便紛紛大上其條陳。久而久之，全如石沉大海。我那時還沒有現在這麼聰明，心裡疑惑：莫非這許多條陳一無可取，還是他沒有工夫看呢？但回想起來，我「上去」（這是專門術語，小官進去見大官也）的時候，確是常見他正在危坐看條陳；談話之間，也常聽到「我還要看條陳去」，「我昨天晚上看條陳」等類的話。那究竟是怎麼一回事呢？

有一天，我正從他的條陳桌旁走開，跨出門檻，不知怎的，忽蒙聖靈啟示，恍然大悟了——

哦！原來他的「做官課程表」上，有一項是「看條陳」的。因為要「看」，所以要「條陳」。為什麼要「看條陳」？就是「做官」之一部分。如此而已。還有另外的奢望，是我自己的糊塗！

「於我來了一道光」，從此以後，我自己覺得頗聰明，近於老官僚了。後來終於被「孤桐先生」革掉[6]，那是另外一回事。

「看條陳」和「辦教育」，事同一例，都應該只照字面解，倘再有以上或更深的希望或要求，不是書呆子，就是不安分。

我還要附加一句警告：倘遇漂亮點的當局，恐怕連「看漫談」也可以算作他的一種「做」——其名曰「留心教育」——但和「教育」還是沒有關係的。

九月四日

【注釋】

1 本篇最初發表於一九二七年十月八日《語絲》週刊第一五二期。

2 高長虹謾罵作者的話。高在一九二六年十一月七日《狂飆》週刊第五期《一九二五北京出版界形勢指掌圖》中，詆毀作者從一個思想家「遞降而至一不很高明而卻奮勇的戰士的面目，再遞降而為一世故老人的面目。」

3 原題《教育漫語》，徐祖正（當時北京大學教授）作，載於一九二七年八月十三日、二十日《語絲》第一四四、一四五兩期。一九二七年八月，把持北洋政府的奉系軍閥張作霖，為了加強對教育界的控制，強行把北京九所國立學校合併為「京師大學」，引起教育界的不滿。徐祖正的文章是對這件事發表的議論。

4 「不可與言而與之言」：語見《論語·衛靈公》，是孔丘的話。「知其不可為而為之」，語見《論語·憲問》，是孔丘同時人評論他的話。

5《孟子·盡心》：「晉人有馮婦者，善搏虎，卒為善士。則之野，有眾逐虎，虎負嵎，莫之敢攖；望見馮婦，趨而迎之。馮婦攘臂下車，眾皆悅之；其為士者笑之。」後人稱重操舊業為「再作馮婦」，就是根據這個故事。

6 指一九二五年八月十二日章士釗呈請段祺瑞罷免作者教育部僉事職務一事。作者於同月二十二日向平政院提出控告，結果勝訴，次年一月十七日復職。

憂「天乳」[1]

《順天時報》載北京辟才胡同女附中主任歐陽曉瀾女士不許剪髮之女生報考，致此等人多有望洋興嘆之概云云。[2]是的，情形總要到如此，她不能別的了。但天足的女生尚可投考，我以為還有光明。不過也太嫌「新」一點。

男男女女，要吃這前世冤家的頭髮的苦，是只要看明末以來的陳跡便知道的[3]。我在清末因為沒有辮子，曾吃了許多苦[4]，所以我不贊成女子剪髮。北京的辮子，是奉了袁世凱[5]的命令而剪的，但並非單純的命令，後面大約還有刀。否則，恐怕現在滿城還拖著。

女子剪髮也一樣，總得有一個皇帝（或者別的名稱也可以），下令大家都剪才行。自然，雖然如此，有許多還是不高興的，但不敢不剪。一年半載，也就忘其所以了；兩年以後，便可以到大家以為女人不該有長頭髮的世界。這時長髮女生，即有「望洋興嘆」之憂。倘只一部分人說些理由，想改變一點，那是歷來沒有成功過。

但現在的有力者，也有主張女子剪髮的，可惜據地不堅。同是一處地方，甲來乙走，丙來甲走，甲要短，丙要長，長者剪，短了殺。這幾年似乎是青年遭劫時期，尤其是女性。報載有一處是鼓吹剪髮的，後來別一軍攻入了，遇到剪髮女子，即慢慢拔去頭髮，還割去兩乳……。這一種刑罰，可以證明男子短髮，已為全國所公認。只是女人不准學。去其兩乳，即所以使其更像男子而警其妄學男子也。以此例之，歐陽曉瀾女士蓋尚非甚嚴歟？

今年廣州在禁女學生束胸，違者罰洋五十元。報章稱之曰「天乳運動」[6]。有人以不得樊增祥[7]作命令為憾。公文上不見「雞頭肉」等字樣，蓋殊不足以饜文人學士之心。此外是報上的俏皮文章，滑稽議論。我想，如此而已，而已終古。

我曾經也有過「杞天之慮」[8]，以為將來中國的學生出身的女性，恐怕要失去哺乳的能力，家家須雇乳娘。但僅只攻擊束胸是無效的。第一，要改良社會思想，對於乳房較為大方；第二，要改良衣裝，將上衣繫進裙裡去。旗袍和中國的短衣，都不適於乳的解放，因為其時即胸部以下掀起，不便，也不好看的。

還有一個大問題，是會不會乳大忽而算作犯罪，無處投考？我們中國在中華民國未成立以前，是只有「不齒於四民之列」[9]者，才不准考試的。據理而言，女子斷髮既以失男女之別，有罪，則天乳更以加男女之別，當有功。但天下有許多事情，是全不能以口舌爭的。總要上諭，或者指揮刀。

否則，已經有了「短髮犯」了，此外還要增加「天乳犯」，或者，也許還有「天足犯」。嗚呼，女性身上的花樣也特別多，而人生亦從此多苦矣。

我們如果不談什麼革新，進化之類，而專為安全著想，我以為女學生的身體最好是長髮，束胸，半放腳（纏過而又放之，一名文明腳）。因為我從北而南，所經過的地方，招牌旗幟，儘管不同，而對於這樣的女人，卻從不聞有一處仇視她的。

九月四日

【注釋】

1 本篇最初發表於一九二七年十月八日《語絲》週刊第一五二期。

2 日本帝國主義者在北京所辦的中文報紙。創辦人為中島美雄，最初稱《燕京時報》，一九〇一年十月創刊，一九三〇年三月停刊。一九二七年八月七日該報刊載《女附中拒絕剪髮女生入校》新聞一則說：「西城辟才胡同女附中主任歐陽曉瀾女士自長校後，不惟對於該校生功課認真督責指導，即該校學風，由女士之嚴厲整頓，亦日臻良善，近聞該校此次招考新生，凡剪髮之女學生前往報名者，概予拒絕與考，因之一般剪髮女生多有望洋興嘆之慨云。」

3 指清朝統治者強迫漢族人民剃髮垂辮一事。一六四四年（明崇禎十七年）清兵入關及定都北京後，即下令剃髮垂辮，因受到各地人民反對及局勢未定而中止。次年五月攻佔南京後，又下了嚴厲的剃髮令，限於布告之後十日，「盡使薙（剃）髮，遵依者為我國之民，遲疑者同逆命之寇」，如「已定地方之人民，仍存明制，不隨本朝之制度者，殺無赦！」此事曾引起各地人民的廣泛反抗，有許多人被殺。

4 作者在清代末年留學日本時，即將辮子剪掉，據許壽裳《亡友魯迅印象記》所記，時間在一九〇二年（清光緒二十八年）秋冬之際。他在一九〇九年（宣統元年）歸國後，曾因沒有辮子而吃過許多苦。參看《且介亭雜文．病後雜談之餘》和《且介亭雜文末編．因太炎先生而想起的二三事》。

5 袁世凱（一八五九—一九一六），字慰亭，河南項城人，北洋軍閥首領，原是清朝直隸總督兼北洋大臣、內閣總理大臣。辛亥革命後，竊取了中華民國臨時大總統職位，一九一二年三月五日南京臨時政府曾通令「人民一律剪辮」；同年十一月初，袁世凱在北京發布的一項令文中，也有「剪髮為民國政令所關，政府豈能漠視」等話。

6 一九二七年七月七日，國民黨廣東省政府委員會第三十三次會議，通過代理民政廳長朱家驊提議的禁止女子束胸案，規定「限三個月內所有全省女子，一律禁止束胸，……倘逾限仍有束胸，一經查確，即處以五十元以上之罰金，如犯者年在二十歲以下，則罰其家長。」（見一九二七年七月八日廣州《國民新聞》）七月二十一日明令施行，一些報紙也大肆鼓吹，稱之為「天乳運動」。

7 樊增祥（一八四六—一九三一），湖北恩施人，清光緒進士，曾任江蘇布政使。他曾經寫過許多「豔體詩」，專門在典故和對仗上賣弄技巧；做官時所作的判牘，也很輕浮。下文的「雞頭肉」，是芡實（一種水生植物的果實）的別名。宋代劉斧《青瑣高議》前集卷六《驪山記》載：「一日，貴妃浴出，對鏡勻面，裙腰褪，微露一乳，……（帝）指妃乳言曰：『軟溫新剝雞頭肉。』」

8 這是楊蔭榆掉弄成語「杞人憂天」而成的不通的文言句子。

9 民國以前，封建統治階級對於所謂「惰民」、「樂籍」以及戲曲演員、官署差役等等都視為賤民，將他們排斥在所謂「四民」（士、農、工、商）之外，禁止參加科舉考試。

革「首領」[1]

這兩年來，我在北京被「正人君子」殺退，逃到海邊；之後，又被「學者」之流殺退，逃到另外一個海邊；之後，又被「學者」之流殺退，逃到一間西曬的樓上，滿身痱子，有如荔枝，兢兢業業，一聲不響，以為可以免於罪戾了罷。啊呀，還是不行。一個學者要九月間到廣州來，一面做教授，一面和我打官司，還預先叫我不要走，在這裡「以俟開審」哩。

以為在五色旗下，在青天白日旗下，一樣是華蓋罩命[2]，晦氣臨頭罷，卻又不盡然。不知怎地，於不知不覺之中，竟在「文藝界」裡高升了。謂予不信，有陳源教授即西瀅的《閒話》廣告為證，節抄無趣，剪而貼之——

「徐丹甫先生在《學燈》裡說：『北京究是新文學的策源地，根深蒂固，隱隱然執全國文藝界的牛耳。』究竟什麼是北京文藝界？質言之，前一兩年的北京文藝界，便是現代派和語絲派交戰的場所。魯迅先生（語絲派首領）所仗的大義，他的戰略，讀過《華蓋集》的人，想必已經認識了。但是現代派的義旗，和它的主將——西瀅先生的戰略，我們還沒有明瞭。現在我們特地和西瀅先生商量，把《閒話》選集起來，印成專書，留心文藝界掌故的人，想必都以先睹為快。

「可是單把《閒話》當作掌故又錯了。想——

欣賞西瀅先生的文筆的，

研究西瀅先生的思想的，

想認識這位文藝批評界的權威的——

尤其不可不讀《閒話》！」

這很像「詩哲」徐志摩[3]先生的，至少，是「詩哲」之流的「文筆」，所以如此飄飄然，連我看了也幾乎想要去買一本。但，只是想到自己，卻又遲疑了。兩三個年頭，不算太長久。被「正人君子」指為「學匪」，還要「投界豺虎」[4]，我是記得的。做了一點雜感，有時涉及這位西瀅先生，我也記得的。這些東西，「詩哲」是看也不看，西瀅先生是即刻叫它「到應該去的地方去」，我也記得的。

後來終於出了一本《華蓋集》，也是實情。然而我竟不知道有一個「北京文藝界」，並且我還做了「語絲派首領」，仗著「大義」在這「文藝界」上和「現代派主將」交戰。雖然這「北京文藝界」已被徐丹甫先生在《學燈》上指定，隱隱然不可動搖了，而我對於自己的被說得有聲有色的戰績，卻還是莫名其妙，像著了狐狸精的迷似的。

現代派的文藝，我一向沒有留心，《華蓋集》裡從何提起。只有某女士竊取「琵亞詞侶」的畫[5]的時候，《語絲》上（也許是《京報副刊》上）有人說過幾句話，後來看「現代派」的口風，彷彿以為這話是我寫的。我現在鄭重聲明：那不是我。我自從被楊蔭榆[6]女士殺敗之後，即對於一切女士都不敢開罪，因為我已經知道得罪女士，很容易引起「男士」的義俠之心，弄得要被「通緝」都說不定的，便不再開口。所以我和現代派的文藝，絲毫無關。

但終於交了好運了，升為「首領」，而且據說是曾和現代派的「主將」在「北京文藝界」上交過戰了。好不堂哉皇哉。本來在房裡面有喜色，默認不辭，倒也有些闊氣的。但因為我近來被人隨手抑揚，忽而「權威」，忽而不准做「權威」，只准做「前驅」[7]；忽而又改為「青年指導者」[8]；甲說是「青年叛徒的領袖」罷，乙又來冷笑道：「哼哼哼。」[9]自己一動不動，故我依然，姓名卻已經經歷了幾回升沉冷暖。

人們隨意說說，將我當作一種材料，倒也罷了，最可怕的是廣告底恭維和廣告底嘲罵。簡直是膏藥攤上掛著的死蛇皮一般。所以這回雖然蒙現代派追封，但對於這「首領」的榮名，還只得再來公開辭退。不過也不見得回回如此，因為我沒有這許多閒工夫。

背後插著「義旗」的「主將」出馬，對手當然以闊一點的為是。我們在什麼演義上時常看見：「來將通名！我的寶刀不斬無名之將！」主將要來「交戰」而將我升為「首領」，大概也是「不得已也」的。但我並不然，沒有這些大架子，無論吧兒狗，無論臭茅廁，都會唾過幾口吐沫去，不必定要脊梁上插著五張尖角旗（義旗？）的「主將」出臺，才動我的「刀筆」。假如有誰看見我攻擊茅廁的文字，便以為也是我的勁敵，自恨於它的氣味還未明瞭，再要去嗅一嗅，那是我不負責任的。恐怕有人以這廣告為例，所以附帶聲明，以免拖累。

至於西瀅先生的「文筆」，「思想」，「文藝批評界的權威」，那當然必須「欣賞」，「研究」而且「認識」的。只可惜要「欣賞」……這些，現在還只有一本《閒話》。但我以為咱們的「主將」的一切「文藝」中，最好的倒是登在《晨報副刊》上的，給志摩先生的大半痛罵魯迅的那一封信。那是發熱的時候所寫[10]，所以已經脫掉了紳士的黑洋服，真相躍如了。而且和《閒話》比較起來，簡直是兩樣態度，證明著兩者之中，有一種是虛偽。這也是要「研究」……西瀅先生的「文筆」等等的好東西。

然而雖然是這一封信之中，也還須分別觀之。例如：「志摩，……前面是遙遙茫茫蔭在薄霧的裡面的目的地」[11]之類。據我看來，其實並無這樣的「目的地」，倘有，卻不怎麼「遙遙茫茫」。這是因為熱度還不很高的緣故，倘使發到九十度左右，我想，那便可望連這些「遙遙茫茫」都一掃而光，近於純粹了。

九月九日，廣州。

【注釋】

1 本篇最初發表於一九二七年十月十五日《語絲》週刊第一五三期。

2 即「交華蓋運」，參看《華蓋集．題記》。

3 徐志摩（一八九七—一九三一），浙江海寧人。詩人，新月社主要成員。著有《志摩的詩》、《猛虎集》等。一九二四年印度詩人泰戈爾來華時，他追隨左右擔任翻譯，曾被一些人稱為「詩哲」。

4 語見《詩經．小雅．巷伯》。陳西瀅等人在一九二五年十二月十六日《致北京國立各校教職員聯席會議函》中，咒罵支持女師大進步學生的教員說：「對於……該校附和暴徒，自墮人格之教職員，即不能投畀豺虎，亦宜擯諸席外，勿與為伍。」

5 指凌叔華。她畫的一幅西洋女人畫像被用作一九二五年十月一日《晨報副刊》的刊頭；同月八日，《京報副刊》載有署名重余（陳學昭）的《似曾相識的晨報篇首圖案》一文，指出這幅畫是剽竊英國畫家琵亞詞侶（A.Beardsley）的。陳西瀅以為這篇文章是魯迅所作，他在《現代評論》第二卷第五十期（一九二五年十一月二十一日）《閒話》中影射魯迅說：

「很不幸的，我們中國的批評家有時實在太宏博了。他們俯伏了身軀，張大了眼睛，在地面上尋找竊賊，以致整大本的剽竊，他們倒往往視而不見。要舉個例麼？還是不說吧，我實在不敢再開罪『思想界的權威』。」

按：凌叔華，廣東番禺人，小說家。陳西瀅之妻。

6 楊蔭榆（一八八四—一九三八）江蘇無錫人。曾留學美國，一九二四年任北京女子師範大學校長。

7 《民報》廣告中稱作者的話。參看本書〈通信〉一文注21。「不准做『權威』，只准做『前騙』」，是針對高長虹的話而說的。高長虹在《一九二五北京出版界形勢指掌圖》中曾說：「要權威者何用？為魯迅計，則擁此空名，無裨實際」；而在「狂飆社廣告」（見一九二六年八月《新女性》月刊第一卷第八號）中，又說他們曾經「與思想界先驅者魯迅……合辦《莽原》。」

8 一九二六年二月三日《晨報副刊》發表李四光和徐志摩的通信，他們把作者和陳西瀅都說成是「指導青年的人」或「負有指導青年重責的前輩」。

9 一九二五年九月四日《莽原》週刊第二十期載有霉江致作者的信，其中有「青年叛徒領導者」的話。陳西瀅在一九二六年一月三十日《晨報副刊》發表的《致志摩》中譏諷作者說：「這像『青年叛徒的領袖』嗎？」「這才是中國『青年叛徒的領袖』，中國青年叛徒也可想而知了。」

10 陳西瀅在《致志摩》的末尾說：「昨晚因為寫另一篇文章，睡遲了，今天似乎有些發熱。今天寫了這封信，已經疲乏了。」

11 陳西瀅在《致志摩》中曾說：「志摩，……我常常覺得我們現在走的是一條狹窄險阻的小路，左面是一個廣漠無際的泥潭，右面也是一片廣漠無際的浮砂，前面是遙遙茫茫蔭在薄霧的裡面的目的地。」

談「激烈」[1]

帶了書籍雜誌過「香江」，有被視為「危險文字」而嘗「鐵窗斧鉞風味」之險，我在《略談香港》裡已經說過了。但因為不知道怎樣的是「危險文字」，所以時常耿耿於心。為什麼呢？倒也並非如上海保安會所言，怕「中國元氣太損」[2]，乃是自私自利，怕自己也許要經過香港，須得留神些。

今年似乎是青年特別容易死掉的年頭。「千里不同風，百里不同俗。」這裡以為平常的，那邊就算過激，滾油煎指頭。今天正是正當的，明天就變犯罪，藤條打屁股。倘是年輕人，初從鄉間來，一定要被煎得莫名其妙，以為現在是時行這樣的制度了罷。至於我呢，前年已經四十五歲了[3]，而且早已「身心交病」，似乎無須這麼寶貴生命，思患預防。但這是別人的意見，若夫我自己，還是不願意吃苦的。敢乞「新時代的青年」們鑑原為幸。

所以，留神而又留神。果然，「天助自助者」，今天竟在《循環日報》上遇到一點參考資料了。事情是一個廣州執信學校的學生，路過（！）香港，「在尖沙嘴碼頭，被一五七號華差截搜行李，在其木杠（謹案：箱也）之內，搜獲激烈文字書籍七本。計開：執信學校印行之《宣傳大綱》六本，又《侵奪中國史》一本。此種激烈文字，業經華民署翻譯員擇譯完竣，昨日午乃解由連司提訊，控以懷有激烈文字書籍之罪。……」抄報太麻煩，說個大略罷，是：「擇譯」時期，押銀五百元出外；後來因為被告供稱書係朋友托帶，所以「姑判從輕罰銀二十五元，書籍沒收焚毀」云。

執信學校是廣州的平正的學校，既是「清黨」之後，則《宣傳大綱》不外三民主義可知，但一到「尖沙咀」，可就「激烈」了；可怕。惟獨對於友邦，竟敢用「侵奪」字樣，則確也未免「激烈」一點，因為忘了他們正在替我們「保存國粹」之恩故也。但「侵奪」上也許還有字，記者不敢寫出來。

我曾經提起過幾回元朝，今夜思之，還不很確。元朝之於中文書籍，未嘗如此留心。這一著倒要推清朝做模範。他不但興過幾回「文字獄」[4]，大殺叛徒，且於宋朝人所做的「激烈文字」，也曾細心加以刪改。同胞之熱心「復古」及友邦之贊助「復古」者，似當奉為師法者也。

清朝人改宋人書，我曾經舉出過《茅亭客話》[5]。但這書在《琳琅秘室叢書》裡[6]，現在時價每部要四十元，倘非小闊人，那能得之哉？近來卻另有一部了，是商務印書館印的《雞肋編》[7]，宋莊季裕著，每本只要五角，我們可以看見清朝的文瀾閣本和元鈔本有如何不同。今摘數條如下：

「燕地……女子……冬月以栝蔞塗面，……至春暖方滌去，久不為風日所侵，故潔白如玉也。今使中國婦女，盡汙於殊俗，漢唐和親之計，蓋未為屈也。」（清人將「今使中國」以下二十二字，改作「其異於南方如此」七字。）

「自古兵亂，郡邑被焚毀者有之，雖盜賊殘暴，必賴室廬以處，故須有存者。靖康之後，金虜侵凌中國，露居異俗，凡所經過，盡皆焚爇。如曲阜先聖舊宅，自魯共王之後，但有增葺。莽卓巢溫之徒，猶假崇儒，未嘗敢犯。至金寇，遂為煙塵。指其像而詬口『爾是言夷狄之有君者！』中原之禍，自書契以來，未之有也。」

（清朝的改本，可大不同了，是「孔子宅在今僊源故魯城中歸德門內闕裡之中。……遭漢中微，盜賊奔突，自西京未央建章之殿，皆見隳壞，而靈光巋然獨存。今其遺址，不復可見。而先聖舊宅，近日亦遭兵燹之厄，可歎也夫。」）

抄書也太麻煩，還是不抄下去了。但我們看第二條，就很可以悟出上海保安會所切望的「循規蹈矩」之道[8]。即：原文帶些憤激，是「激烈」，改本不過「可歎也夫」，是「循規蹈矩」的。何以故呢？憤激便有揭竿而起的可能，而「可歎也夫」則瘟頭瘟腦，即使全國一同歎氣，其結果也不過是歎氣，於「治安」毫無妨礙的。

但我還要給青年們一個警告：勿以為我們以後只做「可歎也夫」的文章，便可以安全了。新例我還未研究好，單看清朝的老例，則准其歎氣，乃是對於古人的優待，不適用於今人的。因為奴才都歎氣，雖無大害，主人看了究竟不舒服。必須要如羅素[9]所稱讚的杭州的轎夫一樣，常是笑嘻嘻。

但我還要給自己解釋幾句：我雖然對於「笑嘻嘻」彷彿有點微詞，但我並非意在鼓吹「階級鬥爭」，因為我知道我的這一篇，杭州轎夫是不會看見的。

況且「討赤」諸君子，都不肯笑嘻嘻的去抬轎，足見以抬轎為苦境，也不獨「亂黨」為然。而況我的議論，其實也不過「可歎也夫」乎哉！

現在的書籍往往「激烈」，古人的書籍也不免有違礙之處。那麼，為中國「保存國粹」者，怎麼辦呢？我還不大明白。僅知道澳門是正在「徵詩」，共收卷七千八百五十六本，經「江霞公太史（孔殷）[10]評閱」，取錄二百名。第一名的詩是：

南中多樂日高會〇〇〇
良時厚意願得常〇〇〇
陵松萬章發文彩〇〇〇
百年貴壽齊輝光〇〇〇

這是從香港報上照抄下來的，一連三圈，也原本如此，我想大概是密圈之意。這詩大約還有一種「格」，如「嵌字格」[11]之類，但我是外行，只好不談。所給我益處的，是我居然從此悟出了將來的「國粹」，當以詩詞駢文為正宗。

史學等等，恐怕未必發達。即要研究，也必先由老師宿儒，先加一番改定工夫。唯獨詩詞駢文，可以少有流弊。故駢文入神的饒漢祥[12]一死，日本人也不禁為之慨歎，而「狂徒」又須挨罵了。

日本人拜服駢文於北京，「金制軍」「整理國故」於香港，其愛護中國，恐其淪亡，可謂至矣。然而裁釐加稅[13]，大家都不贊成者何哉？蓋釐金乃國粹，而關稅非國粹也。「可歎也夫」！

今是中秋，璧月澄澈，歎氣既完，還不想睡。重吟「徵詩」，莫名其妙，稿有餘紙，因錄「江霞公太史」評語，俾讀者咸知好處，但圈點是我僭加的——

「以謝啟為題，寥寥二十八字。既用古詩十九首中字，復嵌全限內字。首二句是賦，三句是興，末句是興而比。步驟井然，舉重若輕，絕不吃力。虛室生白，吉祥止止。洵屬巧中生巧，難上加難。至其胎息之高古，意義之純粹，格調之老蒼，非寢饋漢魏古詩有年，未易臻斯境界。」

九月十一日，廣州。

【注釋】

1 本篇最初發表於一九二七年十月八日《語絲》週刊第一五二期。

2 一九二七年夏天，上海公共租界的英國當局嗾使一部分買辦洋奴，用所謂「上海保安會」的名義，散發維護帝國主義利益的反動傳單與圖畫，有一張圖畫上畫一個學生高高站著大叫「打倒帝國主義！」他下面的一群聽眾，包括紳士、學者、商人、流氓，都表示反對，其中有一個工人張嘴喊著：「中國元氣太損，再用不著破壞了！」

3 高長虹在《一九二五北京出版界形勢指掌圖》中有這樣謾罵作者的話：「魯迅去年不過四十五歲，……如自謂老人，是精神的墮落！」下文「身心交病」「新時代的青年」，也是引自高長虹的文章。

4 清代康熙、雍正、乾隆等朝厲行民族壓迫政策，曾不斷大興文字獄，企圖用嚴刑峻法來消除漢族人民的反抗和民族思想。如康熙二年（一六六三）莊廷鑨《明書》之獄；康熙五十年（一七一一）戴名世《南山集》之獄；雍正十年（一七三二）呂留良、曾靜之獄；乾隆二十年（一七五五）胡中藻《堅磨生詩鈔》之獄；乾隆四十三年（一七七八）徐述夔《一柱樓詩》之獄等，是其中最著名的幾次大獄。

5 宋代黃休復著，共十卷，內容是記錄五代到宋真宗時（約當公元十世紀）的蜀中雜事。魯迅在《華蓋集·這個與那個》中談到清代人竄改宋人著作時，曾舉《茅亭客話》為例。

6 清代胡珽校刊，共五集，計三十六種。所收主要是掌故、說部、釋道方面的書。

7 宋代莊季裕所著的筆記，共三卷，內容多述軼聞舊事。清代胡珽《琳琅秘室叢書》中收有此書，係以影元鈔本校文瀾閣本；這裡是指夏敬觀據琳琅秘室本校印的本子，一九二〇年七月出版。莊季裕，名綽，以字行，山西清源人。文瀾閣，收藏清代乾隆年間所纂修的「四庫全書」的七閣之一，在杭州西湖孤山附近，建於乾隆四十九年（一七八四）。

8 一九二七年七月上海公共租界「工部局」下令增加房捐，受到人民的反抗。租界當局御用的「上海保安會」便散發題為《循規蹈矩》的傳單，說「循規蹈矩」「是千古治家治國的至理名言；否則，處處演出越軌的舉動，就要家不家，國不國了。」威脅群眾不得為此事「罷工輟業」。

9 羅素（B.Russell，一八七二—一九七〇），英國哲學家。一九二〇年來我國講學，曾至西湖遊覽。他「稱讚」杭州轎夫「常是笑嘻嘻」的話，見所著《中國問題》一書，其中說幾個中國轎夫在休息時，「談著笑著，好像一點憂慮都沒有似的。」

10 即江孔殷，字少泉，號霞公，廣東南海人。清末翰林，故稱太史。他當時是廣東軍閥李福林的幕僚，經常在廣州、港澳等地以遺老姿態搞復古活動。

11 過去做舊詩或對聯的人，將幾個特定的字（如人名地名或成語），依次分別用在各句中相同的位置上，叫做「嵌字格」。

12 饒漢祥，湖北廣濟人，民國初年曾任黎元洪的秘書長。他作的通電宣言，都是駢文濫調。他於一九二七年七月去世，同月二十九日《順天時報》日本記者著文哀悼，其中有這樣的句子：「饒之文章為今日一般白話文學家所蔑視，實則詞章本屬國粹，饒已運化入神，何物狂徒，鄙棄國粹，有識者於饒之死不能不歎天之降眚於斯文也。」

13 釐即釐金，是起於清代咸豐年間的一種地方貨物通過稅。一九二五年十月段祺瑞政府邀請英、美、日本等國，在北京召開所謂「關稅特別會議」，會上曾討論中國裁撤釐金和增加進口稅等問題。各國代表大都以裁撤釐金為承認中國關稅自主的條件，反對中國在裁釐以前提高進口貨物的稅率。他們所以在會議上提出裁釐，意在抵制中國增加關稅的要求，因為他們明知當時的中國政府根本是不可能裁撤釐金的。

扣絲雜感[1]

以下這些話，是因為見了《語絲》（一四七期）的《隨感錄》（二八）[2]而寫的。

這半年來，凡我所看的期刊，除《北新》外，沒有一種完全的：《莽原》[3]，《新生》[4]，《沉鐘》[5]。甚至於日本文的《斯文》[6]，裡面所講的都是漢學，末尾附有《西遊記傳奇》，我想和演義來比較一下，所以很切用，但第二本即缺少，第四本起便杳然了。至於《語絲》，我所沒有收到的總共有六期，後來多從市上的書鋪裡補得，惟有一一六和一四三終於買不到，至今還不知道內容究竟是怎樣。

這些收不到的期刊，是遺失，還是沒收的呢？我以為兩者都有。沒收的地方，是北京，天津，還是上海，廣州呢？我以為大約也各處都有。至於沒收的緣故，那可是不得而知了。

我所確切知道的，有這樣幾件事。是《莽原》也被扣留過一期，不過這還可以說，因為裡面有俄國作品的翻譯。那時只要一個「俄」字，已夠驚心動魄，自然無暇顧及時代和內容。但韋叢蕪的《君山》[7]，也被扣留。這一本詩，不但說不到「赤」，並且也說不到「白」，正和作者的年紀一樣，是「青」的，而竟被禁錮在郵局裡。黎錦明[8]先生早有來信，說送我《烈火集》，一本是托書局寄的，怕他們忘記，自己又寄了一本。但至今已將半年，一本也沒有到。我想，十之九都被沒收了，因為火色既「赤」，而況又「烈」乎，當然通不過的。

《語絲》一三二期寄到我這裡的時候是出版後約六星期，封皮上寫著兩個綠色大字道：「扣留」，另外還有檢查機關的印記和封條。打開看時，裡面是《猓猓人的創世記》，《無題》，《寂寞札記》，《撒園荽》，《蘇曼殊及其友人》，都不像會犯禁。我便看《來函照登》，是講「情死」「情殺」的，不要緊，目下還不管這些事。只有《閒話拾遺》了。這一期特別少，共只兩條。一是講日本的，大約也還不至於犯禁。一是說來信告訴「清黨」的殘暴手段的，《語絲》此刻不想登。莫非因為這一條麼？但不登何以又不行呢？莫名其妙。然而何以「扣留」而又放行了呢？也莫名其妙。

這莫名其妙的根源，我以為在於檢查的人員。

中國近來一有事，首先就檢查郵電。這檢查的人員，有的是團長或區長，關於論文詩歌之類，我覺得我們不必和他多談。但即使是讀書人，其實還是一樣的說不明白，尤其是在所謂革命的地方。直截痛快的革命訓練弄慣了，將所有革命精神提起，如油的浮在水面一般，然而顧不及增加營養。所以，先前是刊物的封面上畫一個工人，手捏鐵鏟或鶴嘴鍬，文中有「革命！革命！」「打倒！打倒！」者，一帆風順，算是好的。現在是要畫一個少年軍人拿旗騎在馬上，裡面「嚴辦！嚴辦！」[9]這才庶幾免於罪戾。至於什麼「諷刺」，「幽默」，「反語」，「閒談」等類，實在還是格不相入。從格不相入，而成為視之懵然，結果即不免有些弄得亂七八糟，誰也莫名其妙。

還有一層，是終日檢查刊物，不久就會頭昏眼花，於是討厭，於是生氣，於是覺得刊物大抵可惡——尤其是不容易了然的——而非嚴辦不可。我記得書籍不切邊，我也是作俑者之一，當時實在是沒有什麼惡意的。後來看見方傳宗先生的通信（見本《絲》一二九），竟說得要毛邊裝訂的人有如此可惡[10]，不覺滿肚子冤屈。但仔細一想，方先生似乎是圖書館員，那麼，要他老是裁那並不感到興趣的毛邊書，終於不免生氣而大罵毛邊黨，正是毫不足怪的事。檢查員也同此例，久而久之，就要發火，開初或者看得詳細點，但後來總不免《烈火集》也可怕，《君山》也可疑，——只剩了一條最穩當的路：扣留。

兩個月前罷，看見報上記著某郵局因為扣下的刊物太多，無處存放了，一律焚毀。我那時實在感到心痛，彷彿內中很有幾本是我的東西似的。嗚呼哀哉！我的《烈火集》呵。我的《西遊記傳奇》呵。我的……。

附帶還要說幾句關於毛邊的牢騷。我先前在北京參與印書的時候，自己暗暗地定下了三樣無關緊要的小改革，來試一試。一，是首頁的書名和著者的題字，打破對稱式；二，是每篇的第一行之前，留下幾行空白；三，就是毛邊。現在的結果，第一件已經有恢復香爐燭臺式的了；第二件有時無論怎樣叮囑，而臨印的時候，工人終於將第一行的字移到紙邊，用「迅雷不及掩耳的手段」使你無可挽救；第三件被攻擊最早，不久我便有條件的降伏了。與李老闆[11]約：別的不管，只是我的譯著，必須堅持毛邊到底！但是，今竟如何？老闆送給我的五部或十部，至今還確是毛邊。不過在書鋪裡，我卻發見了毫無「毛」氣，四面光滑的《彷徨》之類。

歸根結柢，他們都將徹底的勝利。所以說我想改革社會，或者和改革社會有關，那是完全冤枉的，我早已瘟頭瘟腦，躺在板床上吸煙卷——彩鳳牌——了。

言歸正傳。刊物的暫時要碰釘子，也不但遇到檢查員，我恐怕便是讀書的青年，也還是一樣。先已說過，革命地方的文字，是要直截痛快，「革命！革命！」的，這才是「革命文學」。我曾經看見一種期刊上登載一篇文章，後有作者的附白，說這一篇沒有談及革命，對不起讀者，對不起對不起[12]。

但自從「清黨」以後，這「直截痛快」以外，卻又增添了一種神經過敏。「命」自然還是要革的，然而又不宜太革，太革便近於過激，過激便近於共產黨，變了「反革命」了。所以現在的「革命文學」，是在頑固這一種反革命和共產黨這一種反革命之間。

於是又發生了問題，便是「革命文學」站在這兩種危險物之間，如何保持她的純正——正宗。這勢必至於必須防止近於赤化的思想和文字，以及將來有趨於赤化之慮的思想和文字。例如，攻擊禮教和白話，即有趨於赤化之憂。因為共產派無視一切舊物，而白話則始於《新青年》，而《新青年》乃獨秀所辦。今天看見北京教育部禁止白話[13]的消息，我逆料《語絲》必將有幾句感慨，但我實在是無動於衷。我覺得連思想文字，也到處都將窒息，幾句白話黑話，已經沒有什麼大關係了。

那麼，談談風月，講講女人，怎樣呢？也不行。這是「不革命」。「不革命」雖然無罪，然而是不對的！

現在在南邊，只剩了一條「革命文學」的獨木小橋，所以外來的許多刊物，便通不過，撲通！撲通！都掉下去了。

但這直捷痛快和神經過敏的狀態，其實大半也還是視指揮刀的指揮而轉移的。而此時刀尖的揮動，還是橫七豎八。方向有個一定之後，或者可以好些罷。然而也不過是「好些」，內中的骨子，恐怕還不外乎窒息，因為這是先天性的遺傳。

先前偶然看見一種報上罵郁達夫先生[14]，說他《洪水》[15]上的一篇文章，是不懷好意，恭維漢口。我就去買《洪水》來看，則無非說舊式的崇拜一個英雄，已和現代潮流不合，倒也看不出什麼惡意來。這就證明著眼光的鈍銳，我和現在的青年文學家已很不同了。所以《語絲》的莫名其妙的失蹤，大約也許只是我們自己莫名其妙，而上面的檢查員云云，倒是假設的恕詞。

至於一四五期以後，這裡是全都收到的，大約惟在上海者被押。假如真的被押，我卻以為大約也與吳老先生無關。

「打倒……打倒……嚴辦……嚴辦……」，固然是他老先生親筆的話，未免有些責任，但有許多動作卻並非他的手腳了。在中國，凡是猛人（這是廣州常用的話，其中可以包括名人，能人，闊人三種），都有這種的運命。

無論是何等樣人，一成為猛人，則不問其「猛」之大小，我覺得他的身邊便總有幾個包圍的人們，圍得水泄不透。那結果，在內，是使該猛人逐漸變成昏庸，有近乎傀儡的趨勢。在外，是使別人所看見的並非該猛人的本相，而是經過了包圍者的曲折而顯現的幻形。至於幻得怎樣，則當視包圍者是三稜鏡呢，還是凸面或凹面而異。假如我們能有一種機會，偶然走到一個猛人的近旁，便可以看見這時包圍者的臉面和言動，和對付別的人們的時候有怎樣地不同。

我們在外面看見一個猛人的親信，謬妄驕恣，很容易以為該猛人所愛的是這樣的人物。殊不知其實是大謬不然的。猛人所看見的他是嬌嫩老實，非常可愛，簡直說話會口吃，談天要臉紅。老實說一句罷，雖是「世故的老人」如不佞者，有時從旁看來也覺得倒也並不壞。

但同時也就發生了胡亂的矯詔和過度的巴結，而晦氣的人物呀，刊物呀，植物呀，礦物呀，則於是乎遭災。但猛人大抵是不知道的。凡知道一點北京掌故的，該還記得袁世凱做皇帝時候的事罷。要看日報，包圍者連報紙都會特印了給他看，民意全部擁戴，輿論一致贊成[16]。直要待到蔡松坡[17]雲南起義，這才啊呀一聲，連一連吃了二十多個饅頭都自己不知道。但這一齣戲也就閉幕，袁公的龍馭上賓於天[18]了。

包圍者便離開了這一株已倒的大樹，去尋求別一個新猛人。

我曾經想做過一篇《包圍新論》，先述包圍之方法，次論中國之所以永是走老路，原因即在包圍，因為猛人雖有起僕興亡，而包圍者永是這一夥。次更論猛人倘能脫離包圍，中國就有五成得救。結末是包圍脫離法。——然而終於想不出好的方法來，所以這新論也還沒有敢動筆。

愛國志士和革命青年幸勿以我為懶於籌畫，只開目錄而沒有文章。我思索是也在思索的，曾經想到了兩樣法子，但反覆一想，都無用。一，是猛人自己出去看看外面的情形，不要先「清道」[19]。然而雖不「清道」，大家一遇猛人，大抵也會先就改變了本然的情形，再也看不出真模樣。二，是廣接各樣的人物，不為一定的若干人所包圍。然而久而久之，也終於有一群制勝，而這最後勝利者的包圍力則最強大，歸根結蒂，也還是古已有之的運命：龍馭上賓於天。

世事也還是像螺旋。但《語絲》今年特別碰釘子於南方，彷彿得了新境遇，這又是什麼緣故呢？這一點，我自以為是容易解答的。

「革命尚未成功」，是這裡常見的標語。但由我看來，這彷彿已經成了一句謙虛話，在後方的一大部分的人們的心裡，是「革命已經成功」或「將近成功」了。既然已經成功或將近成功，自己又是革命家，也就是中國的主人翁，則對於一切，當然有管理的權利和義務。刊物雖小事，自然也在看管之列。有近於赤化之慮者無論矣，而要說不吉利語，即可以說是頗有近於「反革命」的氣息了，至少，也很令人不歡。而《語絲》，是每有不肯湊趣的壞脾氣的，則其不免於有時失蹤也，蓋猶其小焉者耳。

九月十五日

【注釋】

1 本篇最初發表於一九二七年十月二十二日《語絲》週刊第一五四期。

2 《語絲》第一四七期（一九二七年九月三日）《隨感錄》二十八是豈明所作的《光榮》。內容是說《語絲》第一四一期登載了一篇《吳公如何》，指斥吳稚暉提議「清黨」，殘殺異己，因而從那一期以後在南方便都被扣留的事。

3 《莽原》：文藝刊物，一九二五年四月二十四日創刊於北京，初為周刊，附北京《京報》發行，出至一九二五年十一月二十七日第三十二期止。後於一九二六年一月改為半月刊，由未名社發行，至一九二七年十二月停刊，共出四十八期。魯迅曾擔任編輯。這裡是指半月刊。

4 《新生》：文藝週刊，北京大學新生社編輯發行，一九二六年十二月創刊，一九二七年十月出至第二十一期停刊。

5 《沉鐘》：文藝刊物，沉鐘社編輯。一九二五年十月創刊於北京，初為週刊，僅出十期；次年八月改為半月刊，中經休刊復刊，一九三四年二月出至三十四期停刊。主要作者有林如稷、馮至、陳煒謨、陳翔鶴、楊晦等。這裡是指半月刊。

6 《斯文》月刊，日本出版的漢學雜誌，佐久節編，一九一九年二月創刊於東京。該刊自一九二七年一月第九編第一號起連載《西遊記雜劇》（非傳奇）。《西遊記雜劇》，現存本題元吳昌齡撰，實為元末明初楊訥（字景賢）所作，共六卷。我國佚亡已久，一九二六年日本宮內省圖書寮發見明刊楊東來評本。

7 韋叢蕪（一九〇五－一九七八），安徽霍邱人。未名社成員。〈君山〉是他所作的長詩，一九二七年三月北京未名社出版。

8 黎錦明：湖南湘潭人，小說家。《烈火》是他的短篇小說集（書名無「集」字），一九二六年上海開明書店出版。

9 這是廣州的所謂「革命文學社」出版的反共刊物《這樣做》（旬刊）第三、四期合刊（一九二七年四月三十日）的封面畫，以後各期均沿用。

10 方傳宗關於毛邊裝訂的通信，載《語絲》第一二九期（一九二七年四月三十日）。其中說，毛邊裝訂在作者是作品「內容淺薄的掩醜」，對於讀者，則「兩百多頁的書要受十多分鐘裁剖的損失」，所以他反對毛邊裝訂。從通信中知道他當時是福建一個學校的圖書館館員。

11 指北新書局主持者李小峰。

12 大概指發表在《這樣做》第七、八期合刊（一九二七年六月二十日）上署名俠子的《東風》一文，作者在文末「附白」中說：「在這革命火焰高燃的當中，我們所渴望著的文學當然是革命的文學，平民的文學，拙作《東風》載在這革命的刊物裡，本來是不對的……希望讀者指正和原諒。」

13 一九二七年九月，北京北洋政府教育部發布禁止白話文令，說使用白話文是「坐令俚鄙流傳，斯文將喪」，下令「所有國文一課，無論編纂何項講義及課本，均不准再用白話文體，以昭劃一而重國學」。

14 郁達夫（一八九六－一九四五），浙江富陽人。小說家，創造社成員。這裡所說他受反動報刊攻擊的文章，指他在《洪水》半月刊第三卷第二十九期（一九二七年四月八日）發表的《在方向轉換的途中》。該文主旨在攻擊他認為「足以破壞我們目下革命運動（按指第一次國內革命戰爭）的最大危險」的「封建時代的英雄主義」。文中有這樣一段：「處在目下的這一個世界潮流裡，我們要知道，光憑一兩個英雄，來指使民眾，利用民眾，是萬萬辦不到的事情。真正識時務的革命領導者，應該一步不離開民眾，以民眾的利害為利害，以民眾的敵人為敵人，萬事要聽民眾的指揮，要服從民眾的命令才行。若有一二位英雄，以為這是迂闊之談，那末你們且看著，且看你們個人獨裁的高壓政策，能夠持續幾何時。」

15 創造社刊物之一，一九二四年八月創刊於上海。初為週刊，僅出一期，一九二五年九月復刊，改為半月刊，一九二七年十二月出至三十六期停刊。

16 袁世凱於一九一六年一月一日改元為「洪憲」，自稱「中華帝國」皇帝，至三月二十二日取消帝制，共八十一天。據戈公振《中國報學史》引《虎庵雜記》：「項城（按指袁世凱）在京取閱上海各報，皆由梁士詒、袁乃寬輩先行過目，凡載有反對帝制文電，皆易以擁戴字樣，重制一版，每日如是，然後始進呈。」

17 蔡松坡（一八八二－一九一六），名鍔，湖南邵陽人。辛亥革命時在昆明起義，任雲南都督。一九一五年十二月在雲南組織「護國軍」討伐袁世凱。後病故於日本。

18 封建時代稱皇帝的死為「龍馭上賓於天」（或龍馭賓天），即乘龍仙去的意思。《史記·封禪書》：「黃帝採首山銅，鑄鼎於荆山下。鼎既成，有龍垂鬍髯下迎黃帝。黃帝上騎，群臣後宮從上者七十餘人，龍乃上去。」

19 封建時代，帝王和官員出入，先命清掃道路和禁止行人，叫做「清道」。

「公理」之所在[1]

在廣州的一個「學者」說，「魯迅的話已經說完，《語絲》不必看了。」這是真的，我的話已經說完，去年說的，今年還適用，恐怕明年也還適用。但我誠懇地希望他不至於適用到十年二十年之後。倘這樣，中國可就要完了，雖然我倒可以自慢。

公理和正義都被「正人君子」拿去了，所以我已經一無所有。這是我去年說過的話，而今年確也還是如此。然而我雖然一無所有，尋求是還在尋求的，正如每個窮光棍，大抵不會忘記銀錢一樣。

話也還沒有說完。今年，我竟發現了公理之所在了。或者不能說發現，只可以說證實。北京中央公園裡不是有一座白石牌坊，上面刻著四個大字道，「公理戰勝」[2]麼？——Yes，就是這個。

這四個字的意思是「有公理者戰勝」，也就是「戰勝者有公理」。

段執政[3]有衛兵，「孤桐先生」秉政，開槍打敗了請願的學生，勝矣。於是東吉祥胡同的「正人君子」們的「公理」也蓬蓬勃勃。慨自執政退隱，「孤桐先生」「下野」之後，——嗚呼，公理亦從而零落矣。那裡去了呢？槍炮戰勝了投壺[4]，啊！有了，在南邊了。於是乎南下，南下，南下……

於是乎「正人君子」們又和久違的「公理」相見了。

《現代評論》的一千元津貼事件，我一向沒有插過嘴，而「主將」也將我拉在裡面，亂罵一通[5]，——大約以為我是「首領」之故罷。橫豎說也被罵，不說也被罵，我就回敬一杯，問問你們所自稱為「現代派」者，今年可曾幡然變計，另外運動，收受了新的戰勝者的津貼沒有？

還有一問，是：「公理」幾塊錢一斤？

【注釋】

1 本篇最初發表於一九二七年十月二十二日《語絲》週刊第一五四期。

2 一九一八年第一次世界大戰結束後，以英法為首的協約國宣揚他們打敗德、奧等同盟國是「公理戰勝強權」，那時戰勝國都立碑紀念，中國北洋政府因錯參加協約國一方，所以在北京中央公園（即今中山公園）建立了「公理戰勝」的牌坊（一九五三年已將已將「公理戰勝」四字改為「保衛和平」）。

3 段祺瑞。段祺瑞（一八六四－一九三六），字芝泉，安徽合肥人，北洋軍閥皖系首領。一九二四年任北洋政府「臨時執政」，同年四月被馮玉祥的國民軍驅逐下臺。下文的「開槍打敗了請願的學生」，指一九二六年段祺瑞下令衛兵屠殺愛國學生的三一八慘案。

4 指北伐時的國民革命軍戰勝了軍閥孫傳芳。

投壺，古代主客宴會時的一種娛樂，賓主依次投矢壺中，負者飲酒。《禮記．投壺》孔穎達注引鄭玄的話：「投壺者，主人與客燕飲講論才藝之禮也。」孫傳芳盤踞東南五省時，為了提倡復古，曾於一九二六年八月六日在南京舉行過投壺古禮。

5 《現代評論》開辦時曾通過章士釗接受段祺瑞的一千元津貼。《猛進》、《語絲》曾揭露過這件事。陳西瀅在《現代評論》第三卷第六十五期（一九二六年三月六日）的《閒話》中強作辯解，並影射攻擊魯迅。

可惡罪[1]

這是一種新的「世故」。

我以為法律上的許多罪名，都是花言巧語，只消以一語包括之，曰：可惡罪。

譬如，有人覺得一個人可惡，要給他吃點苦罷，就有這樣的法子。倘在廣州而又是「清黨」之前，則可以暗暗地宣傳他是無政府主義者。那麼，共產青年自然會說他「反革命」，有罪。若在「清黨」之後呢，要說他是CP或CY，沒有證據，則可以指為「親共派」。那麼，清黨委員會自然會說他「反革命」，有罪。再不得已，則只好尋些別的事由，訴諸法律了。但這比較地麻煩。

我先前總以為人是有罪，所以槍斃或坐監的。現在才知道其中的許多，是先因為被人認為「可惡」，這才終於犯了罪。

許多罪人，應該稱為「可惡的人」。

九，十四

【注釋】

1 本篇最初發表於一九二七年十月二十二日《語絲》週刊第一五四期。

「意表之外」[1]

有恆先生在《北新週刊》上詫異我為什麼不說話，我已經去信公開答覆了。還有一層沒有說。這也是一種新的「世故」。

我的雜感常不免於罵。但今年發現了，我的罵對於被罵者是大抵有利的。

拿來做廣告，顯而易見，不消說了。還有：

1、天下以我為可惡者多，所以有一個被我所罵的人要去運動一個以我為可惡的人，只要攤出我的雜感來，便可以做他們的「蘭譜」[2]，「相視而笑，莫逆於心」[3]了。「咱們一夥兒」。

2、假如有一個人在辦一件事，自然是不會好的。但我一開口，他卻可以歸罪於我了。譬如辦學校罷，教員請不到，便說：這是魯迅說了壞話的緣故；學生鬧一點小亂子罷，又是魯迅說了壞話的緣故。他倒乾乾淨淨。

我又不學耶穌[4]，何苦替別人來背十字架呢？

但「江山好改，本性難移」，也許後來還要開開口。可是定了「新法」了，除原先說過的「主將」之類以外，新的都不再說出他的真姓名，只叫「一個人」，「某學者」，「某教授」，「某君」。這麼一來，他利用的時候便至少總得費點力，先須加說明。

你以為「罵」絕非好東西罷，於有些人還是有利的。人類究竟是可怕的東西。就是能夠咬死人的毒蛇，商人們也會將它浸在酒裡，什麼「三蛇酒」，「五蛇酒」，去賣錢。

這種辦法實在比「交戰」厲害得多，能使我不敢寫雜感。但再來一回罷，寫「不敢寫雜感」的雜感。

【注釋】

1 本篇最初發表於一九二七年十月二十二日《語絲》週刊第一五四期。
「意表之外」，是引用復古派文人林紓文章中不通的用語。

2 舊時朋友相契，結為兄弟，互換譜帖以為憑證，稱為金蘭譜，省稱蘭譜，取《周易．繫辭》「二人同心，其利斷金；同心之言，其臭如蘭」的意思。

3 「相視而笑」二句，見《莊子．大宗師》，即彼此同心，毫無拂逆的意思。

4 耶穌（約公元前四—公元三十），基督教創始人。據《新約全書》說，他在猶太各地傳教，為猶太教當權者所仇視，後被捕送交羅馬帝國駐猶太總督彼拉多，釘死在十字架上。

新時代的放債法[1]

還有一種新的「世故」[2]。

先前，我總以為做債主的人是一定要有錢的，近來才知道無須。在「新時代」裡，有一種精神的資本家。

你倘說中國像沙漠罷，這資本家便乘機而至了，自稱是噴泉。你說社會冷酷罷，他便自說是熱；你說周圍黑暗罷，他便自說是太陽。

啊！世界上冠冕堂皇的招牌，都被拿去了。豈但拿去而已哉。他還潤澤，溫暖，照臨了你。因為他是噴泉，熱，太陽呵！

這是一宗恩典。

不但此也哩。你如有一點產業，那是他賞賜你的。為什麼呢？因為倘若他一提倡共產，你的產業便要充公了，但他沒有提倡，所以你能有現在的產業。那自然是他賞賜你的。

你如有一個愛人，也是他賞賜你的。為什麼呢？因為他是天才而且革命家，許多女性都渴仰到五體投地。他只要說一聲「來！」便都飛奔過去了，你的當然也在內。但他不說「來！」所以你得有現在的愛人。那自然也是他賞賜你的。

這又是一宗恩典。

還不但此也哩！他到你那裡來的時候，還每回帶來一擔同情！一百回就是一百擔——你如果不知道，那就因為你沒有精神的眼睛——經過一年，利上加利，就是二三百擔……

啊啊！這又是一宗大恩典。

於是乎是算帳了。不得了，這麼雄厚的資本，還不夠買一個靈魂麼？但革命家是客氣的，無非要你報答一點，供其使用——其實也不算使用，不過是

「幫忙」而已。

倘不如命地「幫忙」，當然，罪大惡極了。先將忘恩負義之罪，布告於天下。而且不但此也，還有許多罪惡，寫在帳簿上哩，一旦發布，你便要「身敗名裂」了。想不「身敗名裂」麼，只有一條路，就是趕快來「幫忙」以贖罪。

然而我不幸竟看見了「新時代的新青年」的身邊藏著這許多帳簿，而他們自己對於「身敗名裂」又懷著這樣天大的恐慌。

於是乎又得新「世故」：關上門，塞好酒瓶，捏緊皮夾。這倒於我很保存了一些潤澤，光和熱——我是只看見物質的。

九，十四

【注釋】

1 本篇最初發表於一九二七年十月二十二日《語絲》週刊第一五四期，原題《「新時代」的避債法》。

2 「世故」及下文若干詞句，都是引用高長虹的話。他在一九二四年十二月認識魯迅後，曾得到魯迅很多指導和幫助。一九二六年下半年起，他卻對魯迅進行恣意的誣衊和攻擊。他在《狂飆》週刊第五期（一九二六年十一月）發表的《一九二五北京出版界形勢指掌圖》

中，謾罵魯迅為「世故老人」。在第六期（一九二六年十一月）《給——》一詩中自比太陽：「如其我是太陽時，我將嫉妒那夜裡的星星。」在第九期（一九二六年十二月）《介紹中華第一詩人》內則說：「在戀愛上我雖然像嫉妒過人，然而其實是我倒讓步過人。」第十期（一九二六年十二月）《時代的命運》中，又有「我對於魯迅先生曾獻過最大的讓步，不只是思想上，而且是生活上」等語。在同篇中又說他和魯迅「曾經過一個思想上的戰鬥時期」，他所用的「戰略」是「同情」。在《指掌圖》一文內，又自稱與魯迅「會面不只百次」。第十四期（一九二七年一月）《我走出了化石的世界》中又咒罵：「魯迅不特身心交病，且將身敗名裂矣！」等等。所以本文中有「太陽」「愛人」「同情」「來一百回」等語。此外，「幫忙」「新時代的新青年」等，都是高長虹文中常用的詞語。

魏晉風度及文章與藥及酒之關係[1]

——九月間在廣州夏期學術演講會[2]講

我今天所講的，就是黑板上寫著的這樣一個題目。

中國文學史，研究起來，可真不容易。研究古的，恨材料太少；研究今的，材料又太多。所以到現在，中國較完全的文學史尚未出現。今天講的題目是文學史上的一部分，也是材料太少，研究起來很有困難的地方。因為我們想研究某一時代的文學，至少要知道作者的環境，經歷和著作。

漢末魏初這個時代是很重要的時代，在文學方面起一個重大的變化，因當時正在黃巾[3]和董卓[4]大亂之後，而且又是黨錮[5]的糾紛之後，這時曹操[6]出來了。——不過我們講到曹操，很容易就聯想起《三國志演義》[7]，更而想起戲臺上那一位花面的奸臣，但這不是觀察曹操的真正方法。

現在我們再看歷史，在歷史上的記載和論斷有時也是極靠不住的，不能相信的地方很多。因為通常我們曉得，某朝的年代長一點，其中必定好人多；某朝的年代短一點，其中差不多沒有好人。為什麼呢？因為年代長了，做史的是本朝人，當然恭維本朝的人物。年代短了，做史的是別朝人，便很自由地貶斥其異朝的人物。所以在秦朝，差不多在史的記載上半個好人也沒有。曹操在史上年代也是頗短的，自然也逃不了被後一朝人說壞話的公例。其實，曹操是一個很有本事的人，至少是一個英雄。我雖不是曹操一黨，但無論如何，總是非常佩服他。

研究那時的文學，現在較為容易了，因為已經有人做過工作：在文集一方面有清嚴可均輯的《全上古三代秦漢三國晉南北朝文》[8]。其中於此有用的，是《全漢文》，《全三國文》，《全晉文》。

在詩一方面有丁福保輯的《全漢三國晉南北朝詩》[9]。——丁福保是做醫生的，現在還在。

輯錄關於這時代的文學評論有劉師培編的《中國中古文學史》[10]。這本書是北大的講義，劉先生已死，此書由北大出版。

上面三種書對於我們的研究有很大的幫助。能使我們看出這時代的文學的確有點異彩。

我今天所講，倘若劉先生的書裡已詳的，我就略一點；反之，劉先生所略的，我就較詳一點。

董卓之後，曹操專權。在他的統治之下，第一個特色便是尚刑名。他的立法是很嚴的，因為當大亂之後，大家都想做皇帝，大家都想叛亂，故曹操不能不如此。曹操曾自己說過：「倘無我，不知有多少人稱王稱帝！」[11]這句話他倒並沒有說謊。因此之故，影響到文章方面，成了清峻的風格。——就是文章要簡約嚴明的意思。

此外還有一個特點，就是尚通脫。他為什麼要尚通脫呢？自然也與當時的風氣有莫大的關係。因為在黨錮之禍以前，凡黨中人都自命清流，不過講「清」講得太過，便成固執，所以在漢末，清流的舉動有時便非常可笑了。

比方有一個有名的人，普通的人去拜訪他，先要說幾句話，倘這幾句話說得不對，往往會遭倨傲的待遇，叫他坐到屋外去，甚而至於拒絕不見。

又如有一個人，他和他的姊夫是不對的，有一回他到姊姊那裡去吃飯之後，便要將飯錢算回給姊姊。她不肯要，他就於出門之後，把那些錢扔在街上，算是付過了[12]。

個人這樣鬧鬧脾氣還不要緊，若治國平天下也這樣鬧起執拗的脾氣來，那還成甚麼話？所以深知此弊的曹操要起來反對這種習氣，力倡通脫。通脫即隨便之意。此種提倡影響到文壇，便產生多量想說甚麼便說甚麼的文章。

更因思想通脫之後，廢除固執，遂能充分容納異端和外來的思想，故孔教以外的思想源源引入。

總括起來，我們可以說漢末魏初的文章是清峻，通脫。在曹操本身，也是一個改造文章的祖師，可惜他的文章傳的很少。他膽子很大，文章從通脫得力不少，做文章時又沒有顧忌，想寫的便寫出來。

所以曹操徵求人才時也是這樣說，不忠不孝不要緊，只要有才便可以[13]。這又是別人所不敢說的。曹操做詩，竟說是「鄭康成行酒伏地氣絕」[14]，他引出離當時不久的事實，這也是別人所不敢用的。

還有一樣，比方人死時，常常寫點遺令，這是名人的一件極時髦的事。當時的遺令本有一定的格式，且多言身後當葬於何處何處，或葬於某某名人的墓旁；操獨不然，他的遺令不但沒有依著格式，內容竟講到遺下的衣服和伎女怎樣處置等問題[15]。

陸機雖然評曰「貽塵謗於後王」[16]，然而我想他無論如何是一個精明人，他自己能做文章，又有手段，把天下的方士文士統統搜羅起來，省得他們跑在外面給他搗亂。所以他帷幄裡面，方士文士就特別地多。

孝文帝曹丕[17]，以長子而承父業，篡漢而即帝位。他也是喜歡文章的。其弟曹植[18]，還有明帝曹叡[10]，都是喜歡文章的。不過到那個時候，於通脫之外，更加上華麗。丕著有《典論》，現已失散無全本，那裡面說：「詩賦欲麗」，「文以氣為主」。《典論》的零零碎碎，在唐宋類書中；一篇整的《論文》，在《文選》[20]中可以看見。

後來有一般人很不以他的見解為然。他說詩賦不必寓教訓，反對當時那些寓訓勉於詩賦的見解，用近代的文學眼光看來，曹丕的一個時代可說是「文學的自覺時代」，或如近代所說是為藝術而藝術[21]（Art for Art's Sake）的一派。所以曹丕做的詩賦很好，更因他以「氣」為主，故於華麗以外，加上壯大。

歸納起來，漢末，魏初的文章，可說是：「清峻，通脫，華麗，壯大。」在文學的意見上，曹丕和曹植表面上似乎是不同的。曹丕說文章事可以留名聲於千載[22]；但子建卻說文章小道[23]，不足論的。據我的意見，子建大概是違心之論。這裡有兩個原因，第一，子建的文章做得好，一個人大概總是不滿意自己所做而羨慕他人所為的，他的文章已經做得好，於是他便敢說文章是小道；第二，子建活動的目標在於政治方面，政治方面不甚得志[24]，遂說文章是無用了。

曹操曹丕以外，還有下面的七個人：孔融，陳琳，王粲，徐幹，阮瑀，應瑒，劉楨，都很能做文章，後來稱為「建安七子」[25]。七人的文章很少流傳，現在我們很難判斷；但，大概都不外是「慷慨」，「華麗」罷。華麗即曹丕所主張，慷慨就因當天下大亂之際，親戚朋友死於亂者特多，於是為文就不免帶著悲涼，激昂和「慷慨」了。

七子之中，特別的是孔融，他專喜和曹操搗亂。曹丕《典論》裡有論孔融的，因此他也被拉進「建安七子」一塊兒去。其實不對，很兩樣的。不過在當時，他的名聲可非常之大。孔融作文，喜用譏嘲的筆調，曹丕很不滿意他。孔融的文章現在傳的也很少，就他所有的看起來，我們可以瞧出他並不大對別人譏諷，只對曹操。比方操破袁氏兄弟，曹丕把袁熙的妻甄氏拿來，歸了自己，孔融就寫信給曹操，說當初武王伐紂，將妲己給了周公了。操問他的出典，他說，以今例古，大概那時也是這樣的。又比方曹操要禁酒，說酒可以亡國，非禁不可，孔融又反對他，說也有以女人亡國的，何以不禁婚姻？[26]

其實曹操也是喝酒的。我們看他的「何以解憂？惟有杜康[27]」的詩句，就可以知道。為什麼他的行為會和議論矛盾呢？此無他，因曹操是個辦事人，所以不得不這樣做；孔融是旁觀的人，所以容易說些自由話。曹操見他屢屢反對自己，後來藉故把他殺了[28]。他殺孔融的罪狀大概是不孝。因為孔融有下列的兩個主張：

第一，孔融主張母親和兒子的關係是如瓶之盛物一樣，只要在瓶內把東西倒了出來，母親和兒子的關係便算完了。第二，假使有天下饑荒的一個時候，有點食物，給父親不給呢？孔融的答案是：倘若父親是不好的，寧可給別人。——曹操想殺他，便不惜以這種主張為他不忠不孝的根據，把他殺了。倘若曹操在世，我們可以問他，當初求才時就說不忠不孝也不要緊，為何又以不孝之名殺人呢？然而事實上縱使曹操再生，也沒人敢問他，我們倘若去問他，恐怕他把我們也殺了！

與孔融一同反對曹操的尚有一個禰衡[29]，後來給黃祖殺掉的。禰衡的文章也不錯，而且他和孔融早是「以氣為主」來寫文章的了。故在此我們又可知道，漢文慢慢壯大起來，是時代使然，非專靠曹操父子之功的。但華麗好看，卻是曹丕提倡的功勞。

這樣下去一直到明帝的時候，文章上起了個重大的變化，因為出了一個何晏[30]。

何晏的名聲很大，位置也很高，他喜歡研究《老子》和《易經》[31]。至於他是怎樣的一個人呢？那真相現在可很難知道，很難調查。因為他是曹氏一派的人，司馬氏很討厭他，所以他們的記載對何晏大不滿。因此產生許多傳說，有人說何晏的臉上是搽粉的，又有人說他本來生得白，不是搽粉的[32]。但究竟何晏搽粉不搽粉呢？我也不知道。

但何晏有兩件事我們是知道的。第一，他喜歡空談，是空談的祖師；第二，他喜歡吃藥，是吃藥的祖師[33]。此外，他也喜歡談名理。他身子不好；因此不能不服藥。他吃的不是尋常的藥，是一種名叫「五石散」的藥。「五石散」是一種毒藥，是何晏吃開頭的。漢時，大家還不敢吃，何晏或者將藥方略加改變，便吃開頭了。五石散的基本，大概是五樣藥：石鐘乳，石硫黃，白石英，紫石英，赤石脂；另外怕還配點別樣的藥。但現在也不必細細研究它，我想各位都是不想吃它的。

從書上看起來，這種藥是很好的，人吃了能轉弱為強。因此之故，何晏有錢，他吃起來了，大家也跟著吃。那時五石散的流毒就同清末的鴉片的流毒差不多，看吃藥與否以分闊氣與否的。現在由隋巢元方做的《諸病源候論》[34]的裡面可以看到一些。

據此書，可知吃這藥是非常麻煩的，窮人不能吃，假使吃了之後，一不小心，就會毒死。先吃下去的時候，倒不怎樣的，後來藥的效驗既顯，名曰「散發」。倘若沒有「散發」，就有弊而無利。因此吃了之後不能休息，非走路不可，因走路才能「散發」，所以走路名曰「行散」。比方我們看六朝人的詩，有雲：「至城東行散」，就是此意。後來做詩的人不知其故，以為「行散」即步行之意，所以不服藥也以「行散」二字入詩，這是很笑話的。

走了之後，全身發燒，發燒之後又發冷。普通發冷宜多穿衣，吃熱的東西。但吃藥後的發冷剛剛要相反：衣少，冷食，以冷水澆身。倘穿衣多而食熱物，那就非死不可。因此五石散一名寒食散。只有一樣不必冷吃的，就是酒。

吃了散之後，衣服要脫掉，用冷水澆身，吃冷東西，飲熱酒。這樣看起來，五石散吃的人多，穿厚衣的人就少；比方在廣東提倡，一年以後，穿西裝的人就沒有了。因為皮肉發燒之故，不能穿窄衣。為預防皮膚被衣服擦傷，就非穿寬大的衣服不可。現在有許多人以為晉人輕裘緩帶，寬衣，在當時是人們高逸的表現，其實不知他們是吃藥的緣故。一班名人都吃藥，穿的衣都寬大，於是不吃藥的也跟著名人，把衣服寬大起來了！

還有，吃藥之後，因皮膚易於磨破，穿鞋也不方便，故不穿鞋襪而穿屐。所以我們看晉人的畫像或那時的文章，見他衣服寬大，不鞋而屐，以為他一定是很舒服，很飄逸的了，其實他心裡都是很苦的。

更因皮膚易破，不能穿新的而宜於穿舊的，衣服便不能常洗。因不洗，便多虱。所以在文章上，蝨子的地位很高，「捫虱而談」[35]，當時竟傳為美事。比方我今天在這裡演講的時候，捫起虱來，那是不大好的。但在那時不要緊，因為習慣不同之故。這正如清朝是提倡抽大煙的，我們看見兩肩高聳的人，不覺得奇怪。現在就不行了，倘若多數學生，他的肩成為一字樣，我們就覺得很奇怪了。

此外可見服散的情形及其他種種的書，還有葛洪的《抱朴子》[36]。

到東晉以後，作假的人就很多，在街旁睡倒，說是「散發」以示闊氣。[37]

就像清時尊讀書，就有人以墨塗唇，表示他是剛才寫了許多字的樣子。故我想，衣大，穿屐，散髮等等，後來效之，不吃也學起來，與理論的提倡實在是無關的。

又因「散髮」之時，不能肚餓，所以吃冷物，而且要趕快吃，不論時候，一日數次也不可定。因此影響到晉時「居喪無禮」。——本來魏晉時，對於父母之禮是很繁多的。比方想去訪一個人，那麼，在未訪之前，必先打聽他父母及其祖父母的名字，以便避諱。否則，嘴上一說出這個字音，假如他的父母是死了的，主人便會大哭起來[38]——他記得父母了——給你一個大大的沒趣。晉禮居喪之時，也要瘦，不多吃飯，不准喝酒。但在吃藥之後，為生命計，不能管得許多，只好大嚼，所以就變成「居喪無禮」了。居喪之際，飲酒食肉，由闊人名流倡之，萬民皆從之，因為這個緣故，社會上遂尊稱這樣的人叫作名士派。

吃散發源於何晏，和他同志的，有王弼和夏侯玄[39]兩個人，與晏同為服藥的祖師。有他三人提倡，有多人跟著走。他們三人多是會做文章，除了夏侯玄的作品流傳不多外，王何二人現在我們尚能看到他們的文章。他們都是生於正始的，所以又名曰「正始名士」[40]。但這種習慣的末流，是只會吃藥，或竟假裝吃藥，而不會做文章。

東晉以後，不做文章而流為清談，由《世說新語》[41]一書裡可以看到。此中空論多而文章少，比較他們三個差得遠了。三人中王弼二十餘歲便死了，夏侯何二人皆為司馬懿[42]所殺。因為他二人同曹操有關係，非死不可，猶曹操之殺孔融，也是借不孝做罪名的。

二人死後，論者多因其與魏有關而罵他，其實何晏值得罵的就是因為他是吃藥的發起人。這種服散的風氣，魏，晉，直到隋，唐，還存在著，因為唐時還有「解散方」[43]，即解五石散的藥方，可以證明還有人吃，不過少點罷了。

唐以後就沒有人吃，其原因尚未詳，大概因其弊多利少，和鴉片一樣罷？

晉名人皇甫謐[44]作一書曰《高士傳》，我們以為他很高超。但他是服散的，曾有一篇文章，自說吃散之苦。因為藥性一發，稍不留心，即會喪命，至少也會受非常的苦痛，或要發狂；本來聰明的人，因此也會變成癡呆。所以非深知藥性、會解救，而且家裡的人多深知藥性不可。晉朝人多是脾氣很壞，高傲，發狂，性爆如火的，大約便是服藥的緣故。比方有蒼蠅擾他，竟至拔劍追趕[45]；就是說話，也要胡糊塗塗地才好，有時簡直是近於發瘋。但在晉朝更有以癡為好的，這大概也是服藥的緣故。

魏末，何晏他們以外，又有一個團體新起，叫做「竹林名士」，也是七個，所以又稱「竹林七賢」[46]。正始名士服藥，竹林名士飲酒。竹林的代表是嵇康[47]和阮籍[48]。但究竟竹林名士不純粹是喝酒的，嵇康也兼服藥，而阮籍則是專喝酒的代表。但嵇康也飲酒，劉伶[49]也是這裡面的一個。他們七人中差不多都是反抗舊禮教的。

這七人中，脾氣各有不同。嵇阮二人的脾氣都很大；阮籍老年時改得很好，嵇康就始終都是極壞的。

阮年輕時，對於訪他的人有加以青眼和白眼的分別[50]。白眼大概是全然看不見眸子的，恐怕要練習很久才能夠。青眼我會裝，白眼我卻裝不好。

後來阮籍竟做到「口不臧否人物」[51]的地步，嵇康卻全不改變。結果阮得終其天年，而嵇竟喪於司馬氏之手，與孔融何晏等一樣，遭了不幸的殺害。這大概是因為吃藥和吃酒之分的緣故：吃藥可以成仙，仙是可以驕視俗人的；飲酒不會成仙，所以敷衍了事。

他們的態度，大抵是飲酒時衣服不穿，帽也不帶。若在平時，有這種狀態，我們就說無禮，但他們就不同。居喪時不一定按例哭泣；子之於父，是不能提父的名，但在竹林名士一流人中，子都會叫父的名號[52]。

舊傳下來的禮教，竹林名士是不承認的。即如劉伶——他曾做過一篇《酒德頌》，誰都知道——他是不承認世界上從前規定的道理的。曾經有這樣的事，有一次有客見他，他不穿衣服，人責問他。他答人說，天地是我的房屋，房屋就是我的衣服，你們為什麼進我的褲子中來？[53]至於阮籍，就更甚了，他連上下古今也不承認，在《大人先生傳》[54]裡有說：「天地解兮六合開，星辰隕兮日月頹，我騰而上將何懷？」他的意思是天地神仙，都是無意義，一切都不要，所以他覺得世上的道理不必爭，神仙也不足信，既然一切都是虛無，所以他便沉湎於酒了。

然而他還有一個原因，就是他的飲酒不獨由於他的思想，大半倒在環境。其時司馬氏已想篡位，而阮籍名聲很大，所以他講話就極難，只好多飲酒，少講話，而且即使講話講錯了，也可以借醉得到人的原諒。只要看有一次司馬懿求和阮籍結親，而阮籍一醉就是兩個月，沒有提出的機會[55]，就可以知道了。

阮籍作文章和詩都很好，他的詩文雖然也慷慨激昂，但許多意思都是隱而不顯的。宋的顏延之[56]已經說不大能懂，我們現在自然更很難看得懂他的詩了。他詩裡也說神仙，但他其實是不相信的。

嵇康的論文，比阮籍更好，思想新穎，往往與古時舊說反對。孔子說：「學而時習之，不亦說乎？」[57]嵇康做的《難自然好學論》[58]卻道，人是並不好學的，假如一個人可以不做事而又有飯吃，就隨便閒遊不喜歡讀書了，所以現在人之好學，是由於習慣和不得已。還有管叔蔡叔[59]，是疑心周公，率殷民叛，因而被誅，一向公認為壞人的。而嵇康做的《管蔡論》，就也反對歷代傳下來的意思，說這兩個人是忠臣，他們的懷疑周公，是因為地方相距太遠，消息不靈通。

但最引起許多人的注意，而且於生命有危險的，是《與山巨源絕交書》中的「非湯武而薄周孔」。司馬懿因這篇文章，就將嵇康殺了[60]。非薄了湯武周孔，在現時代是不要緊的，但在當時卻關係非小。湯武是以武定天下的，周公是輔成王的，孔子是祖述堯舜，而堯舜是禪讓天下的。嵇康都說不好，那麼，教司馬懿篡位的時候，怎麼辦才是好呢？沒有辦法。在這一點上，嵇康於司馬氏的辦事上有了直接的影響，因此就非死不可了。

嵇康的見殺，是因為他的朋友呂安不孝，連及嵇康，罪案和曹操的殺孔融差不多。魏晉，是以孝治天下的，不孝，故不能不殺。為什麼要以孝治天下呢？因為天位從禪讓，即巧取豪奪而來，若主張以忠治天下，他們的立腳點便不穩，辦事便棘手，立論也難了，所以一定要以孝治天下。但倘只是實行不孝，其實那時倒不很要緊的，嵇康的害處是在發議論；阮籍不同，不大說關於倫理上的話，所以結局也不同。

但魏晉也不全是這樣的情形，寬袍大袖，大家飲酒。反對的也很多。在文章上我們還可以看見裴頠的《崇有論》[61]，孫盛的《老子非大賢論》[62]，這些都是反對王何們的。在史實上，則何曾勸司馬懿殺阮籍有好幾回[63]，司馬懿不聽他的話，這是因為阮籍的飲酒，與時局的關係少些的緣故。

然而後人就將嵇康、阮籍罵起來，人云亦云，一直到現在，一千六百多年。季札說：「中國之君子，明於禮義而陋於知人心。」[64]這是確的，大凡明於禮義，就一定要陋於知人心的，所以古代有許多人受了很大的冤枉。例如嵇阮的罪名，一向說他們毀壞禮教。但據我個人的意見，這判斷是錯的。

魏晉時代，崇奉禮教的看來似乎很不錯，而實在是毀壞禮教，不信禮教的。表面上毀壞禮教者，實則倒是承認禮教，太相信禮教。因為魏晉時所謂崇奉禮教，是用以自利，那崇奉也不過偶然崇奉，如曹操殺孔融，司馬懿殺嵇康，都是因為他們和不孝有關，但實在曹操司馬懿何嘗是著名的孝子，不過將這個名義，加罪於反對自己的人罷了。於是老實人以為如此利用，褻瀆了禮教，不平之極，無計可施，激而變成不談禮教，不信禮教，甚至於反對禮教。——但其實不過是態度，至於他們的本心，恐怕倒是相信禮教，當作寶貝，比曹操司馬懿們要迂執得多。

現在說一個容易明白的比喻罷，譬如有一個軍閥，在北方——在廣東的人所謂北方和我常說的北方的界限有些不同，我常稱山東、山西、直隸、河南之類為北方——那軍閥從前是壓迫民黨的，後來北伐軍勢力一大，他便掛起了青天白日旗，說自己已經信仰三民主義了，是總理的信徒。

這樣還不夠，他還要做總理的紀念周。這時候，真的三民主義的信徒，去呢，不去呢？不去，他那裡就可以說你反對三民主義，定罪，殺人。但既然在他的勢力之下，沒有別法，真的總理的信徒，倒會不談三民主義，或者聽人假惺惺的談起來就皺眉，好像反對三民主義模樣。所以我想，魏晉時所謂反對禮教的人，有許多大約也如此。他們倒是迂夫子，將禮教當作寶貝看待的。

還有一個實證，凡人們的言論，思想，行為，倘若自己以為不錯的，就願意天下的別人，自己的朋友都這樣做。但嵇康、阮籍不這樣，不願意別人來模仿他。竹林七賢中有阮咸，是阮籍的侄子，一樣的飲酒。阮籍的兒子阮渾也願加入時，阮籍卻道不必加入，吾家已有阿咸在，夠了[65]。假若阮籍自以為行為是對的，就不當拒絕他的兒子，而阮籍卻拒絕自己的兒子，可知阮籍並不以他自己的辦法為然。

至於嵇康，一看他的《絕交書》，就知道他的態度很驕傲的。有一次，他在家打鐵——他的性情是很喜歡打鐵的——鍾會來看他了，他只打鐵，不理鍾會[66]。鍾會沒有意味，只得走了。其時嵇康就問他：「何所聞而來，何所見而去？」鍾會答道：「聞所聞而來，見所見而去。」

這也是嵇康殺身的一條禍根。但我看他做給他的兒子看的《家誡》[67]——當嵇康被殺時，其子方十歲，算來當他做這篇文章的時候，他的兒子是未滿十歲的——就覺得宛然是兩個人。他在《家誡》中教他的兒子做人要小心，還有一條一條的教訓。有一條是說長官處不可常去，亦不可住宿；官長送人們出來時，你不要在後面，因為恐怕將來官長懲辦壞人時，你有暗中密告的嫌疑。又有一條是說宴飲時候有人爭論，你可立刻走開，免得在旁批評，因為兩者之間必有對與不對，不批評則不像樣，一批評就總要是甲非乙，不免受一方見怪。還有人要你飲酒，即使不願飲也不要堅決地推辭，必須和和氣氣的拿著杯子。我們就此看來，實在覺得很稀奇：嵇康是那樣高傲的人，而他教子就要他這樣庸碌。因此我們知道，嵇康自己對於他自己的舉動也是不滿足的。所以批評一個人的言行實在難，社會上對於兒子不像父親，稱為「不肖」，以為是壞事，殊不知世上正有不願意他的兒子像自己的父親哩。試看阮籍嵇康，就是如此。這是，因為他們生於亂世，不得已，才有這樣的行為，並非他們的本態。但又於此可見魏晉的破壞禮教者，實在是相信禮教到固執之極的。

不過何晏、王弼、阮籍、嵇康之流，因為他們的名位大，一般的人們就學起來，而所學的無非是表面，他們實在的內心，卻不知道。因為只學他們的皮毛，於是社會上便很多了沒意思的空談和飲酒。許多人只會無端的空談和飲酒，無力辦事，也就影響到政治上，弄得玩「空城計」，毫無實際了。在文學上也這樣，嵇康、阮籍的縱酒，是也能做文章的，後來到東晉，空談和飲酒的遺風還在，而萬言的大文如嵇阮之作卻沒有了。

劉勰[68]說：「嵇康師心以遣論，阮籍使氣以命詩。」這「師心」和「使氣」，便是魏末晉初的文章的特色。正始名士和竹林名士的精神滅後，敢於師心使氣的作家也沒有了。

到東晉，風氣變了。社會思想平靜得多，各處都夾入了佛教的思想。再至晉末，亂也看慣了，篡也看慣了，文章便更和平。代表平和的文章的人有陶潛[69]。他的態度是隨便飲酒、乞食，高興的時候就談論和作文章，無尤無怨。所以現在有人稱他為「田園詩人」，是個非常和平的田園詩人。

他的態度是不容易學的，他非常之窮，而心裡很平靜。家常無米，就去向人家門口求乞。他窮到有客來見，連鞋也沒有，那客人給他從家丁取鞋給他，他便伸了足穿上了。雖然如此，他卻毫不為意，還是「採菊東籬下，悠然見南山」。這樣的自然狀態，實在不易模仿。他窮到衣服也破爛不堪，而還在東籬下採菊，偶然抬起頭來，悠然的見了南山，這是何等自然。現在有錢的人住在租界裡，雇花匠種數十盆菊花，便做詩，叫作「秋日賞菊效陶彭澤體」，自以為合於淵明的高致，我覺得不大像。

陶潛之在晉末，是和孔融於漢末與嵇康於魏末略同，又是將近易代的時候。但他沒有什麼慷慨激昂的表示，於是便博得「田園詩人」的名稱。但《陶集》裡有《述酒》一篇，是說當時政治的[70]。這樣看來，可見他於世事也並沒有遺忘和冷淡，不過他的態度比嵇康阮籍自然得多，不至於招人注意罷了。

還有一個原因，先已說過，是習慣。因為當時飲酒的風氣相沿下來，人見了也不覺得奇怪，而且漢魏晉相沿，時代不遠，變遷極多，既經見慣，就沒有大感觸，陶潛之比孔融、嵇康和平，是當然的。例如看北朝的墓誌，官位升進，往往詳細寫著，再仔細一看，他是已經經歷過兩三個朝代了，但當時似乎並不為奇。

據我的意思，即使是從前的人，那詩文完全超於政治的所謂「田園詩人」，「山林詩人」，是沒有的。完全超出於人間世的，也是沒有的。既然是超出於世，則當然連詩文也沒有。詩文也是人事，既有詩，就可以知道於世事未能忘情。譬如墨子兼愛，楊子為我[71]。墨子當然要著書；楊子就一定不著，這才是「為我」。因為若做出書來給別人看，便變成「為人」了。

由此可知陶潛總不能超於塵世，而且，於朝政還是留心，也不能忘掉「死」，這是他詩文中時時提起的[72]。用別一種看法研究起來，恐怕也會成一個和舊說不同的人物罷。

自漢末至晉末文章的一部分的變化與藥及酒之關係，據我所知的大概是這樣。但我學識太少，沒有詳細的研究，在這樣的熱天和雨天費去了諸位這許多時光，是很抱歉的。現在這個題目總算是講完了。

【注釋】

1 本篇記錄稿最初發表於一九二七年八月十一、十二、十三、十五、十六、十七日廣州《民國日報》副刊《現代青年》第一七三至一七八期；改定稿發表於一九二七年十一月十六日《北新》半月刊第二卷第二號。

2 國民黨政府廣州市教育局主辦，一九二七年七月十八日在廣州市立師範學校禮堂舉行開幕式。當時的廣州市長林雲陔、教育局長劉懋初等均在會上作反共演說。他們打著「學術」的旗號，也「邀請」學者演講。作者這篇演講是在七月二十三日、二十六日的會上所作的（題下注「九月間」有誤）。作者後來說過：「在廣州之談魏晉事，蓋實有慨而言。」（一九二八年十二月三十日致陳濬信）

3 指東漢末年鉅鹿人張角領導的農民起義軍。漢靈帝中平元年（一八四）起義，參加的人都以黃巾纏頭為標誌，稱為「黃巾軍」。他們提出「蒼天已死，黃天當立」的口號，攻佔城邑，焚燒官府，旬日之間，全國回應，給東漢政權以沉重的打擊。但後來終於在官軍和地主武裝的殘酷鎮壓下失敗。

4 董卓（一三二—一九二），字仲穎，隴西臨洮（今甘肅岷縣）人，東漢末年的大軍閥。靈帝時為並州牧，靈帝死後，外戚首領大將軍何進為了對抗宦官，召他率兵入朝相助，他到洛陽後，即廢少帝（劉辯），立獻帝（劉協），自任丞相，專斷朝政。獻帝初平元年（一九〇），山東河北等地軍閥袁紹、韓馥等為了和董卓爭權，聯合起兵討卓，他便劫持獻帝遷都長安，自為太師。後為王允、呂布所殺。他在離洛陽時，焚燒宮殿府庫民房，二百里內盡成墟土；又驅數百萬人口入關，積屍盈途。在他被殺以後，他的部將李傕、郭汜等又攻破長安，焚掠屠殺，人民受害甚烈。

5 東漢末年，宦官擅權，政治黑暗，民生痛苦。統治階級內部一部分比較正直的官僚，為了維護劉漢政權和自己的地位，便與太學生互通聲氣，議論朝政，揭露宦官集團的罪惡。漢桓帝延熹九年（一六六），宦官誣告司隸校尉李膺、太僕杜密和太學生領袖郭泰、賈彪等人結黨為亂，桓帝便捕李膺、范滂等下獄，株連二百餘人。以後又於靈帝建寧二年（一六九），熹平元年（一七二），熹平五年（一七六）三次捕殺黨人，更詔各州郡凡黨人的門生、故吏、父子、兄弟有做官的，都免官禁錮。直到靈帝中平元年（一八四）黃巾起義，才下詔將他們赦免。這件事，史稱「黨錮之禍」。

6 曹操（一五五—二二〇），字孟德，沛國譙（今安徽亳縣）人。二十歲舉孝廉，漢獻帝時官至丞相，封魏王。曹丕篡漢後追尊為武帝。他是政治家、軍事家，又是詩人。他和其子曹丕、曹植，都喜歡延攬文士，獎勵文學，為當時文壇的領袖人物。後人把他的詩文編為《魏武帝集》。

7 即長篇小說《三國演義》，元末明初羅貫中著。書中將曹操描寫為「奸雄」。

8 嚴可均（一七六二—一八四三），字景文，號鐵橋，浙江烏程（今吳興）人。清嘉慶舉人，曾任建德教諭。他自嘉慶十三年（一八〇八）起，開始搜集唐以前的文章，歷二十餘年，成《全上古三代秦漢三國六朝文》，內收作者三千四百多人，分代編輯為十五集，總計七四六卷。稍後，他的同鄉蔣壑為作編目一〇三卷，並以為原書題名不能概括全書，故將書名改為《全上古三代秦漢三國晉南北朝文》。原書於光緒二十年（一八九四）由黃岡王毓藻刊於廣州。

9 丁福保（一八七四—一九五二），字仲祜，江蘇無錫人。清末肄業江陰南菁書院，後習醫，曾至日本考察醫學，歸國後在上海創辦醫學書局。他所輯的《全漢三國晉南北朝詩》，收作者七百餘人，依時代分為十一集，總計五十四卷。一九一六年上海醫學書局出版。

10 劉師培（一八八四—一九一九），一名光漢，字申叔，江蘇儀徵人。清末曾參加同盟會的活動，常在《民報》發表鼓吹反清的文字；但後來為清朝兩江總督端方所收買，出賣革命黨人。入民國後，他又依附袁世凱，與楊度、孫毓筠等人組織籌安會，竭力贊助袁世凱竊國稱帝的陰謀。他的著作很多，《中國中古文學史》是他在民國初年任北京大學教授時所編的講義，後收入《劉申叔遺書》中。

11 《三國志．魏書．武帝紀》裴松之注引《魏武故事》，曹操於漢獻帝建安十五年（二一〇）下令「自明本志」，表白他自己並無篡漢的意思，內有「設使國家無有孤，不知當幾人稱帝，幾人稱王！」的話。

12 《太平御覽》卷四二五引謝承《後漢書》：「范丹姊病，往看之，姊設食；丹以姊婿不德，出門留二百錢，姊使人追索還之，丹不得已受之。聞里中芻　僮僕更相怒曰：『言汝清高，豈范史雲輩而云不盜我菜乎？』丹聞之，曰：『吾之微志，乃在僮豎之口，不可不勉。』遂投錢去。」

按范丹（一一二—一八五），　作范冉，字史雲，後漢陳留外黃（今河南杞縣東北）人。

13 曹操曾於建安十五年（二一〇）、二十二年（二一七）下求賢令，又於建安十九年（二一四）令有司取士毋廢「偏短」，每次都強調以才能為用人的標準。

《魏書．武帝紀》載建安十五年令說：「今天下尚未定，此特求賢之急時也。……若必廉士而後可用，則齊桓其何以霸世！今天下得無有被褐懷玉而釣於渭濱者乎？又得無盜嫂受金而未遇無知者乎？二三子其佐我明揚仄陋，唯才是舉，吾得而用之。」

又裴注引王沈《魏書》所載二十二年令說：「今天下得無有至德之人，放在民間？及果勇不顧，臨敵力戰，若文俗之吏，高才異質，或堪為將守；負污辱之名，見笑之行，或不仁不孝，而有治國用兵之術：其各舉所知，勿有所遺。」

14 見《三國志．魏書．袁紹傳》裴注引《英雄記》載曹操《董卓歌》：「德行不虧缺，變故自難常。鄭康成行酒伏地氣絕，郭景圖命盡於園桑。」

鄭康成（一二七—二〇〇），名玄，北海高密（今山東高密）人，東漢經學家，其生存時代較曹操約早二十餘年。

15 曹操的遺令，散見於《三國志．魏書．武帝紀》及其他古書中，嚴可均綴合為一篇，收入《全三國文》卷三，其中有這樣的話：「吾婢妾與伎人皆勤苦，使著銅雀台，善待之。……餘香可分與諸夫人……諸舍中（按指諸妾）無所為，可學作履組賣也。吾歷官所得綬（印綬），皆著藏中，吾餘衣裘，可別為一藏，不能者兄弟可共分之。」

16 陸機（二六一—三〇三），字士衡，吳郡華亭（今上海松江）人，晉代詩人。他評曹操的話，見蕭統《文選》卷六十《吊魏武帝文》：「彼裘紱於何有，貽塵謗於後王。」唐代李善注：「言裘紱輕微何所有，而空貽塵謗而及後王。」

17 曹丕（一八七—二二六），字子桓，曹操的次子（按操長子名昂字子修，隨操征張繡陣亡，故一般都以曹丕為操的長子）。建安二十五年（二二〇）廢漢獻帝自立為帝，即魏文帝。他愛好文學，創作之外，兼擅批評，所著《典論》，《隋書．經籍志》著錄五卷，已佚，嚴可均《全三國文》內有輯佚一卷。其中《論文》篇論各種文體的特徵說：「奏議宜雅，書論宜理，銘誄尚實，詩賦欲麗。」又論文氣說：「文以氣為主，氣之清濁有體，不可力強而致。」

18 曹植（一九二—二三二），字子建，曹操的第三子。曾封東阿王，後封陳王，死謚思，後世稱陳思王。他也是建安時代重要詩人之一，流傳下來的著作，以清代丁晏所編的《曹集詮評》搜羅較為完備。

19 曹叡（二〇四—二三九），字元仲，曹丕的兒子，即魏明帝。

20 《文選》為南朝梁昭明太子蕭統編選。內選秦漢至齊梁間的詩文，共三十卷，是我國最早的一部詩文總集。唐代李善為之作注，分為六十卷。曹丕《典論．論文》，見該書第五十二卷。

21 十九世紀法國作家戈蒂葉（T.Gautier）提出的一種資產階級文藝觀點（見小說《莫班小姐》序）。它認為藝術可以超越一切功利而存在，創作的目的就在於藝術作品的本身，與社會政治無關。

22 曹丕《典論．論文》：「蓋文章經國之大業，不朽之盛事；年壽有時而盡，榮樂止乎其身：二者必至之常期，未若文章之無窮。是以古之作者，寄身於翰墨，見意於篇籍，不假良史之辭，不托飛馳之勢，而聲名自傳於後。」

23 曹植《與楊德祖（修）書》：「辭賦小道，固未足以揄揚大義，彰示來世也。昔揚子雲先朝執戟之臣耳，猶稱壯夫不為也；吾雖德薄，位為藩侯，猶庶幾戮力上國，流惠下民，建永世之業，留金石之功；豈徒以翰墨為勳績，辭賦為君子哉！」

24 曹植早年以文才為曹操所愛，屢次想立他為太子；他也結納楊修、丁儀、丁巴等為羽翼，在曹操面前和曹丕爭寵。但他後來因為任性驕縱，失去了曹操的歡心，終於未得嗣立。到了曹丕即位以後，他常被猜忌，更覺雄才無所施展。明帝時又一再上表求「自試」，希望能夠用他帶兵去征吳伐蜀，建功立業，但他的要求也未實現。

25 這個名稱始於曹丕的《典論．論文》：「今之文人，魯國孔融文舉，廣陵陳琳孔璋，山陽王粲仲宣，北海徐幹偉長，陳留阮瑀元瑜，汝南應瑒德璉，東平劉楨公幹：斯七子者，於學無所遺，於辭無所假，咸以自騁驥騄於千里，仰齊足而並馳。」後人據此便稱孔融等為「建安七子」。

孔融（一五三—二〇八），魯國（今山東曲阜）人，漢獻帝時為北海相，太中大夫。

陳琳（一六〇—二一七），廣陵（今江蘇江都）人，曾任司空（曹操）軍謀祭酒。

王粲（一七七—二一七），山陽高平（今山東鄒縣）人，曾任丞相（曹操）軍謀祭酒、侍中。

徐幹（一七一—二一七），北海（今山東濰坊西南）人，曾任司空軍謀祭酒、五官將（曹丕）文學。

阮瑀（約一六五—二一二），陳留尉氏（今河南尉氏）人，曾任司空軍謀祭酒。

應瑒（一七七—二一七），汝南（今河南汝南）人，曾任丞相掾屬、五官將文學。

劉楨（？—二一七），東平（今山東東平）人，曾任丞相掾屬。

26 曹丕在《典論．論文》中評論孔融的文章說：「孔融體氣高妙，有過人者。然不能持論，理不勝詞，以至乎雜以嘲戲；及其所善，揚、班儔也。」按「建安七子」中，陳琳等都是曹操門下的屬官，只有孔融例外；在年齡上，他比其餘六人約長十餘歲而又最先逝世，年輩也不相同。他沒有應酬和頌揚曹氏父子的作品，而且還常常諷刺曹操。

《後漢書．孔融傳》載：「曹操攻屠鄴城，袁氏婦子多見侵略，而操子丕私納袁熙（按為袁紹子）妻甄氏。融乃與操書，稱『武王伐紂，以妲己賜周公』。操不悟，後問出何經典。對曰：『以今度之，想當然耳。』……時年饑兵興，操表制酒禁，融頻書爭之，多侮慢之辭。」

唐代章懷太子（李賢）注引孔融與曹操論酒禁書，其中有「夏商亦以婦人失天下，今令不斷婚姻。而將酒獨急者，疑但惜穀耳」等語。

27 見曹操的《短歌行》。杜康，相傳為周代人，善造酒。

28 關於曹操殺孔融的經過，《後漢書．孔融傳》說：「曹操既積嫌忌，而郗慮復構成其罪，遂令丞相軍謀祭酒路粹枉狀奏融曰：『……（融）前與白衣禰衡跌盪放言，云：「父之於子，當有何親？論其本意，實為情欲發耳。子之於母，亦復奚為？譬如寄物瓶中，出則離矣。」……大逆不道，宜極重誅。』書奏，下獄棄市。」

又《三國志．魏書．崔琰傳》注引孫盛《魏氏春秋》，內載曹操宣布孔融罪狀的令文說：「平原禰衡受傳融論，以為父母與人無親，譬若缶瓦器，寄盛其中。又言若遭飢饉，而父不肖，寧贍活餘人。融違天反道，敗倫亂理，雖肆市朝，猶恨其晚。」

29 禰衡（一七三—一九八），字正平，平原般（今山東臨邑）人，漢末文學家。他很有文才，與孔融、楊修友善，曾屢次辱罵曹操，因為他文名很大，曹操雖想殺他而又有所顧忌，便將他送到劉表處去，後因侮慢劉表，又被送給江夏太守黃祖，終於為黃祖所殺，死時年二十六。

30 何晏（一九六—二四九），字平叔，南陽宛（今河南南陽）人。曹操的女婿。齊王曹芳時，曹爽執政，用他為吏部尚書，後與曹爽同時被司馬懿所殺。《三國志．魏書．曹爽傳》說他「少以才秀知名，好老莊言，作《道德論》及諸文賦著述凡數十篇。」

31 即《道德經》，相傳為春秋時老聃者，是道家的主要經典。《易經》，即《周易》，大約產生於殷周時代，是古代占卜用的書。

32 關於何晏搽粉的事，《三國志．魏書．曹爽傳》注引魚豢《魏略》說：「晏性自喜，動靜粉白不去手，行步顧影。」但晉代人裴啟所著《語林》則說：「（晏）美姿儀，面絕白，魏文帝疑其著粉；後正夏月，喚來，與熱湯餅，既炎，大汗出，隨以朱衣自拭，色轉皎潔，帝始信之。」

33 關於何晏服藥的事，《世說新語．言語》載：「何平叔云：服五石散，非唯治病，亦覺神明開朗。」劉孝標注引秦丞相（按當作秦承祖）《寒食散論》說：「寒食散之方，雖出漢代，而用之者寡，靡有傳焉。魏尚書何晏首獲神效，由是大行於世，服者相尋。」又隋代巢元方《詩病源候論》卷六《寒食散發候》篇說：「皇甫（謐）云：寒食藥者，世莫知焉，或言華佗，或曰仲景（張機）。……近世尚書何晏，耽聲好色，始服此藥。心加開朗，體力轉強。京師翕然，傳以相授。……晏死之後，服者彌繁，於時不輟。」

34 隋煬帝大業中，為太醫博士，奉詔撰《諸病源候論》五十卷。關於寒食散的服法與解法，詳見該書卷六《寒食散發候》篇。

35 這是王猛的故事。王猛（三二五—三七五），字景略，北海劇（今山東壽光）人。《晉書．王猛傳》說：「桓溫入關，猛被褐而詣之，一面談當世之事，捫虱而言，旁若無人。」

36 葛洪（約二八三—三六三），字稚川，句容（今江蘇句容）人。《晉書．葛洪傳》說他「為人木訥，不好榮利，……究覽典籍，尤好神仙導養之法。」所著《抱朴子》，共八卷，分內外二篇，內篇論神仙方藥，外篇論時政人事。關於服散的記載，見該書內篇。

37 關於服散作假的事，《太平廣記》卷二四七引侯白《啟顏錄》載：「後魏孝文帝時，諸王及貴臣多服石藥，皆稱石發。乃有熱者，非富貴者，亦云服石發熱，時人多嫌其詐作富貴體。有一人於市門前臥，宛轉稱熱，要人競看，同伴怪之，報曰：『我石發。』同伴人曰：『君何時服石，今得石發？』曰：『我昨市米中有石，食之今發。』眾人大笑。自後少有人稱患石發者。」

38 關於聞諱而哭的事，《世説新語．任誕》載：「桓南郡（桓玄）被召作太子洗馬，船泊荻渚。王大（王忱）服散後已小醉，往看桓，桓為設酒，不能冷飲，頻語左右，令溫酒來。桓乃流涕嗚咽，王便欲去。桓以手巾掩淚，因謂王曰：『犯我家諱，何預卿事。』王歎曰：『靈寶（桓玄小名）故自達。』」按桓玄的父親名溫，所以他聽見王忱叫人溫酒便哭泣起來。

39 王弼（二二六—二四九），字輔嗣，魏國山陽（今河南焦作）人。王粲的族孫。《三國志．魏書．鍾會傳》說：「弼好論儒道，辭才逸辯，注易及老子，為尚書郎。」夏侯玄（二〇九—二五四），字太初，沛國譙（今安徽亳縣）人。《三國志．魏書．夏侯尚傳》說：「（玄）少知名，弱冠為散騎黃門侍郎……正始初，曹爽輔政。玄，爽之姑子也。累遷散騎常侍、中護軍。……頃之，為征西將軍，假節都督雍、涼州諸軍事。」曹爽被司馬懿所殺後，他也為司馬師所殺。

40 《世説新語．文學》「袁彥伯作《名士傳》成」條下梁劉孝標注：「宏（彥伯名）以夏侯太初、何平叔、王輔嗣為正始名士。阮嗣宗、嵇叔夜、山巨源、向子期、劉伯倫、阮仲容、王濬仲為竹林名士。」按正始（二四〇—二四九），魏廢帝齊王曹芳的年號。

41 《世説新語》，南朝宋劉義慶撰。內容是記述東漢至東晉間一般文士學士的言談風貌軼事等。有南朝梁劉孝標所作注釋。今傳本共三卷，三十六篇。劉義慶（四〇三—四四四），彭城（今江蘇徐州）人，宋武帝劉裕的侄子，襲爵為臨川王，曾任南兗州刺史。

42 司馬懿（一七九—二五一），字仲達，河內溫縣（今河南溫縣）人。初為曹操主簿，魏明帝時遷大將軍。齊王曹芳即位後，他專斷國政；死後其子司馬昭繼為大將軍，日謀篡位。咸熙二年（二六五），昭子司馬炎代魏稱帝，建立晉朝。按夏侯玄是被司馬師所殺，作者誤記為司馬懿。

43《唐書．經籍志》著錄《解寒食散方》十三卷，徐叔和撰；《新唐書．藝文志》著錄《解寒食方》十五卷，徐叔向撰。

44 皇甫謐（二一五—二八二），字士安，安定朝那（今甘肅平涼）人。晉朝初年屢徵不出，著有《高士傳》、《逸士傳》、《玄晏春秋》等。《晉書．皇甫謐傳》載有他的一篇上司馬炎疏，其中自述因吃散而得到的種種苦痛說：「臣以尪弊，迷於道趣。……又服寒食藥，違錯節度，辛苦荼毒，於今七年。隆冬裸袒食冰，當暑煩悶，加以咳逆，或若溫板，或類傷寒，浮氣流腫，四肢酸重。於今困劣，救命呼噏，父兄見出，妻息長訣。」

45《三國志．魏書．梁習傳》注引《魏略》：「（王）思又性急，嘗執筆作書，蠅集筆端，驅去復來，如是再三。思恚怒，自起逐蠅，不能得，還取筆擲地，蹋壞之。」按清代張英等所編《淵鑒類函》卷二一五〈褊急〉門載王思事，有「思自起拔劍逐蠅」的話，但未注明引用書名。王思，濟陰（今山東定陶）人，正始中為大司農。

46《三國志．魏書．王粲傳》內附述嵇康事略，裴注引《魏氏春秋》說：「康寓居河內之山陽縣，……與陳留阮籍、河內山濤、河南向秀、籍兄子咸、琅琊王戎、沛人劉伶相與友善，遊於竹林，號為『七賢』。」《世說新語．任誕》亦有一則，說七人「常集於竹林之下，肆意酣暢，故世謂『竹林七賢』」。

47 嵇康（二二三—二六二），字叔夜，譙國銍（今安徽宿縣）人，詩人。《晉書．嵇康傳》說：「康早孤，有奇才，遠邁不群。……學不師受，博覽無不該通，長好老莊。與魏宗室婚，拜中散大夫。常修養性服食（服藥）之事，彈琴詠詩，自足於懷。……康善談理，又能屬文，其高情遠趣，率然玄遠」他的著作，現存《嵇康集》十卷，有魯迅校本。

48 阮籍（二一〇—二六三），字嗣宗，陳留尉氏（今河南尉氏）人，阮瑀之子，詩人，與嵇康齊名。仕魏為從事中郎、步兵校尉。《晉書．阮籍傳》說他「博覽群籍，尤好莊老。嗜酒能嘯，善彈琴。」又說：「籍本有濟世志，屬魏晉之際，天下多故，名士少有全者，籍由是不與世事，遂酣飲為常。」他的著作，現存《阮籍集》十卷。

49 劉伶：字伯倫，沛國（今安徽宿縣）人。仕魏為建威參軍。著有《酒德頌》，托言有大人先生，「止則操卮執觚，動則挈榼提壺，唯酒是務，焉知其餘。」有「貴介公子，縉紳處士」在他的面前「陳說禮法」，而他「方捧罌承糟，銜杯漱醪，奮髯箕踞，枕麥曲藉糟，無思無慮，其樂陶陶。」

50 關於阮籍能為青白眼，見《晉書．阮籍傳》：「籍又能為青白眼，見禮俗之士，以白眼對之。」他的母親死了，「嵇喜來吊，籍作白眼，喜不懌而退。喜弟康聞之，乃齎酒挾琴造焉，籍大悅，乃見青眼。由是禮法之士疾之若讎。」

51 見《晉書．阮籍傳》：「籍雖不拘禮教，然發言玄遠，口不臧否人物。」

52 晉代常有子呼父名的例子，如《晉書．胡母輔之傳》：「輔之正酣飲，謙之（輔之的兒子）門規而厲聲曰：『彥國（輔之的號），年老不得為爾！將令我尻背東壁。』輔之歡笑，呼入與共飲。」又《王蒙傳》：「王蒙，字仲祖……美姿容，嘗覽鏡自照，稱其父字曰：『王文開生如此兒耶！』」

53 關於劉伶裸形見客的事，《世說新語．任誕》載：「劉伶恒縱酒放達，或脫衣裸形在屋中，人見譏之。伶曰：『我以天地為棟宇，屋室為褌衣，諸君何為入我褌中？』」劉孝標注引鄧粲《晉紀》所記略同。

54 阮籍借「大人先生」之口來抒寫自己胸懷的一篇文章。這裡所引的三句是「大人先生」所作的歌。

55 關於阮籍借醉辭婚的故事，《晉書．阮籍傳》載：「文帝（司馬昭，魯迅誤記為司馬懿）初欲為武帝（司馬炎）求婚於籍，籍醉六十日，不得言而止。」

56 顏延之（三八四—四五六），字延年，琅琊臨沂（今山東臨沂）人，南朝宋詩人。《文選》卷二十三阮籍《詠懷》詩下，李善注引顏延之的話：「嗣宗身仕亂朝，常恐罹謗遇禍，因茲發詠，故每有憂生之嗟；雖志在刺譏，而文多隱避，百代之下，難以情測，故粗明大意，略其幽旨也。」

57 語見《論語．學而》。

58 嵇康為反駁張邈（字遼叔）的《自然好學論》而作的一篇論文。

59 管叔、蔡叔是周武王的兩個兄弟。《史記．管蔡世家》說：「武王已克殷紂，平天下，封功臣昆弟。於是封叔鮮於管，封叔度於蔡，二人相紂子武庚祿父（按祿父為武庚之名），治殷遺民。封叔旦於魯而相周，為周公。……武王既崩，成王少，周公旦專王室。管叔、蔡叔疑周公之為不利於成王，乃挾武庚以作亂。周公旦承成王命伐誅武庚，殺管叔，而放蔡叔，遷之。」嵇康的《管蔡論》為管、蔡辯解，說「管、蔡皆服教殉義，忠誠自然。……周公踐政，率朝諸侯。……而管、蔡服教，不達聖權，卒遇大變，不能自通。忠於乃心，思在王室。遂乃抗言率眾，欲除國患。」

60 山巨源即「竹林七賢」之一的山濤（二〇五—二八三），河內懷（今河南武陟）人。他在魏元帝（曹奐）景元年間投靠司馬昭，曾任選曹郎，後將去職，欲舉嵇康代任，康作書拒絕，並表示和他絕交，書中自說不堪受禮法的束縛，「又每非湯武而薄周孔，在人間不止，此事會顯，世教所不容。」後來嵇康受朋友呂安案的牽連，鍾會便乘機勸司馬昭把他殺了。《三國志．魏書．王粲傳》注引《魏氏春秋》敘述他被殺的經過說：「大將軍（司馬昭）嘗欲辟（徵召）康。康既有絕世之言，又從子不善，避之河東，或云避世。及山濤為選曹郎，舉康自代，康答書拒絕，因自說不堪流俗而非薄湯武。大將軍聞而怒焉。初，康與東平呂昭子巽及巽弟安親善。會巽淫安妻徐氏，而誣安不孝，囚之。安引康為證，康義不負心，保明其事。安亦至烈，有濟世志力，鍾會勸大將軍因此除之，遂殺安及康。康臨刑自若，援琴而鼓，既而歎曰：『雅音於是絕矣！』時人莫不哀之。」按殺嵇康的是司馬昭，魯迅誤記為司馬懿。

61 裴頠（二六七－三〇〇），字逸民，河東聞喜（今山西聞喜）人。晉惠帝時為國子祭酒，兼右軍將軍，遷尚書左僕射，後為司馬倫（趙王）所殺。《晉書．裴頠傳》說：「頠深患時俗放蕩，不尊儒術。何晏、阮籍素有高名於世，口談浮虛，不遵禮法，屍祿耽寵，仕不事事；至王衍之徒，聲譽太盛，位高勢重，不以物務自嬰，遂相仿效，風教凌遲，乃著《崇有》之論以釋其蔽。」

62 孫盛，字安國，太原中都（今山西平遙）人。曾任桓溫參軍，長沙太守。著有《魏氏春秋》、《晉陽秋》等。他的《老聃非大賢論》，批評當時清談家奉為宗主的老聃，用老聃自己的話證明他的學說的自相矛盾，不切實際，從而斷定老聃並非大賢。

63 何曾（一九七－二七八），字穎考，陳國陽夏（今河南太康）人。司馬炎篡魏，他因勸進有功，拜太尉，封公爵。《晉書．何曾傳》說：「時（按當為魏高貴鄉公即位初年）步兵校尉阮籍負才放誕，居喪無禮。曾面質籍於文帝（魯迅誤記為司馬懿）座曰：『卿縱情背禮，敗俗之人。今忠賢執政，綜核名實，若卿之曹，不可長也。』因言於帝曰：『公方以孝治天下，而聽阮籍以重哀（母喪）飲酒食肉於公座。宜擯四裔，無令顙染華夏。』帝曰：『此子羸病若此，君不能為吾忍耶！』曾重引據，辭理甚切。帝雖不從，時人敬憚之。」

64 「明於禮義而陋於知人心」二句，見《莊子．田子方》：「溫伯雪子適齊，舍於魯，魯人有請見之者，溫伯雪子曰：『不可，吾聞中國之君子，明乎禮義而陋於知人心，吾不欲見也。』」據唐代成玄英注：溫伯，字雪子，春秋時楚國人。魯迅誤記為季札。

65 阮籍不願兒子效法自己的事，見《晉書．阮籍傳》：「（籍）子渾，字長成，有父風，少幕通達，不飾小節，籍謂曰：『仲容已豫吾此流，汝不得復爾。』」又《世説新語．任誕》也載有此事。按阮咸，字仲容，阮籍兄阮熙之子。

66 嵇康怠慢鍾會，見《晉書．嵇康傳》：「（康）性絕巧而好鍛（打鐵）。宅中有一柳樹甚茂，乃激水圜之，每夏月，居其下以鍜。」又說：「初，康居貧，嘗與向秀共鍜於大樹之下，以自贍給。潁川鍾會，貴公子也，精練有才辯，故往造焉。康不為之禮，而鍜不輟。良久會去，康謂曰：『何所聞而來，何所見而去？』會曰：『聞所聞而來，見所見而去。』會以此憾之。」鍾會（二二五—二六四），字士季，潁川長社（今河南長葛）人。司馬昭的重要謀士，官至左徒。魏元帝景元三年（二六二）拜鎮西將軍，次年統兵伐蜀，蜀平後謀反，被殺。

67 見《嵇康集》卷十。魯迅所舉的這幾條的原文是：
「君子用心，所欲准行，自當量其善者，必擬議而後動。……所居長吏，但宜敬之而已矣，不當極親密，不宜數往；往當有時。其有眾人，又不當獨在後，又不當宿。所以然者，長吏喜問外事，或時發舉，則怨者謂人所說，無以自免也。……若會酒坐，見人爭語，其形勢似欲轉盛，便當亟舍去之。此將鬥之兆也。坐視必見曲直，儻不能不有言，有言必是在一人；其不是者方自謂為直，則謂曲我者有私於彼，便怨惡之情生矣；或便獲悖辱之言。……又慎不須離樓，強勸人酒，不飲自己；若人來勸己，輒當為持之，勿稍逆也。」（據魯迅校本）嵇康的兒子名紹，字延祖，《晉書．嵇紹傳》說他「十歲而孤」。

68 劉勰（四六五—五二〇），字彥和，南東莞（今江蘇鎮江）人，南朝梁文藝理論家。著有《文心雕龍》。這裡所引的兩句，見於該書《才略》篇。

69 陶潛（三六五—四二七），又名淵明，字元亮，潯陽柴桑（今江西九江）人，晉代詩人。曾任彭澤令，因不滿當時政治的黑暗和官場的虛偽，辭官歸隱。著作有《陶淵明集》。梁代鍾嶸在《詩品》中稱他為「古今隱逸詩人之宗」，「五四」以後又常被人稱為「田園詩人」。他在《乞食》一詩中說：「饑來驅我去，不知竟何之。行行至斯里，叩門拙言辭。主人解余意，遺贈豈虛來。談諧終日夕，觴至輒傾杯。……銜戢知何謝，冥報以相貽。」又南朝宋檀道鸞《續晉陽秋》說：「江州刺史王弘造淵明，無履，弘從人脫履以給之。弘語左右為彭澤作履，左右請履度，淵明於眾坐伸腳，及履至，著而不疑。」「採菊東籬下」句見他所作的《飲酒》詩第五首。

70 陶潛的《述酒》詩，據南宋湯漢的注語，以為它是為當時最重大的政治事變——晉宋易代而作，注語中說：「晉元熙二年（四二〇）六月，劉裕廢恭帝（司馬德文）為零陵王，明年，以毒酒一甕授張偉使酖王，偉自飲而卒；繼又令兵人逾垣進藥，王不肯飲，遂掩殺之。此詩所為作，故以《述酒》名篇也。詩辭盡隱語，故觀者弗省。……予反覆詳考，而後知決為零陵哀詩也。」（見《陶靖節詩注》卷三）

71 墨子（約前四六八—前三七六），名翟，魯國人，春秋戰國時代思想家，墨家創始人。他認為「天下兼相愛則治，交相惡則亂」，提倡「兼愛」的學說。現存《墨子》書中有《兼愛》上中下三篇。楊子，指楊朱，戰國時代思想家。他的學說的中心是「為我」，《孟子·盡心》說：「楊子取為我，拔一毛而利天下，不為也。」他沒有著作留傳下來，後人僅能從先秦書中略知他的學說的大概。

72 陶潛詩文中提到「死」的地方很多，如《己酉歲九月九日》中說：「萬化相尋繹，人生豈不勞。從古皆有沒，念之心中焦。」又《與子儼等疏》中說：「天地賦命，生必有死；自古聖賢；誰能獨免。」等等。

小雜感[1]

蜜蜂的刺，一用即喪失了它自己的生命；犬儒[2]的刺，一用則苟延了他自己的生命。他們就是如此不同。

約翰穆勒[3]說：專制使人們變成冷嘲。

而他竟不知道共和使人們變成沉默。

要上戰場，莫如做軍醫；要革命，莫如走後方；要殺人，莫如做劊子手。

既英雄，又穩當。

與名流學者談，對於他之所講，當裝作偶有不懂之處。太不懂被看輕，太懂了被厭惡。偶有不懂之處，彼此最為合宜。

世間大抵只知道指揮刀所以指揮武士，而不想到也可以指揮文人。

又是演講錄，又是演講錄[4]。但可惜，都沒有講明他何以和先前大為兩樣了；也沒有講明他演講時，自己是否真相信自己的話。

闊的聰明人種種譬如昨日死[5]，不闊的傻子種種實在昨日死。

曾經闊氣的要復古，正在闊氣的要保持現狀，未曾闊氣的要革新。大抵如是，大抵！

他們之所謂復古，是回到他們所記得的若干年前，並非虞夏商周。

女人的天性中有母性，有女兒性；無妻性。

妻性是逼成的，只是母性和女兒性的混合。

自稱盜賊的無須防，得其反倒是好人；自稱正人君子的必須防，得其反則是盜賊。

樓下一個男人病得要死，那間壁的一家唱著留聲機；對面是弄孩子。樓上有兩人狂笑；還有打牌聲。河中的船上有女人哭著她死去的母親。

人類的悲歡並不相通，我只覺得他們吵鬧。

每一個破衣服人走過，叭兒狗就叫起來，其實並非都是狗主人的意旨或使嗾。叭兒狗往往比它的主人更嚴厲。

恐怕有一天總要不准穿破布衫，否則便是共產黨。

革命，反革命，不革命。

革命的被殺於反革命的。反革命的被殺於革命的。不革命的或當作革命的而被殺於反革命的，或當作反革命的而被殺於革命的，或並不當作什麼而被殺於革命的或反革命的。

革命，革革命，革革革命，革革……。

人感到寂寞時，會創作；一感到乾淨時，即無創作，他已經一無所愛。

創作總根於愛。楊朱無書。創作雖說抒寫自己的心，但總願意有人看。

創作是有社會性的。但有時只要有一個人看便滿足：好友，愛人。

人往往憎和尚，憎尼姑，憎回教徒，憎耶教徒，而不憎道士。

懂得此理者，懂得中國大半。

要自殺的人，也會怕大海的汪洋，怕夏天死屍的易爛。但遇到澄靜的清池，涼爽的秋夜，他往往也自殺了。

凡為當局所「誅」者，皆有「罪」。

劉邦除秦苛暴，「與父老約，法三章耳。」而後來仍有族誅，仍禁挾書，還是秦法。[6]法三章者，話一句耳。

一見短袖子，立刻想到白臂膊，立刻想到全裸體，立刻想到生殖器，立刻想到性交，立刻想到雜交，立刻想到私生子。

中國人的想像惟在這一層能夠如此躍進。

九月二十四日

【注釋】

1 本篇最初發表於一九二七年十二月十七日《語絲》週刊第四卷第一期。

2 犬儒　原指古希臘昔匿克學派（Cynicism）的哲學家。他們過著禁欲的簡陋的生活，被人譏誚為窮犬，所以又稱犬儒學派。這些人主張獨善其身，以為人應該絕對自由，否定一切倫理道德，以冷嘲熱諷的態度看待一切。作者在一九二八年三月八日致章廷謙信中說：「犬儒＝Cynic，它那『刺』便是『冷嘲』。」

3 約翰穆勒（J.S.Mill，一八〇六－一八七三），英國哲學家、經濟學家。

4 這裡所說的「演講錄」，指當時不斷編印出售的蔣介石、汪精衛、吳稚暉、戴季陶等人的演講集。作者在寫本文後第二天（九月二十五日）致臺靜農信中說：「現在是大賣戴季陶講演錄了，（蔣介石的也行了一時）。」他們當時在各地發表的演講，內容和在「四一二」反革命政變以前的演講很不相同：政變以前，他們不得不口是心非地擁護孫中山聯俄、聯共、扶助農工的三大政策；改變以後，他們便顯露出真實面目，竭力鼓吹反蘇、反共、壓迫工農。

5 此句也是指蔣介石、汪精衛等反革命派。「如昨日死」是引用曾國藩的話：「從前種種如昨日死，從後種種如今日生。」一九二七年八月十八日廣州《民國日報》就蔣（介石）汪（精衛）合流反共所發表的一篇社論中，也引用曾國藩的這句話，其中說：「以前種種，譬如昨日死；以後種種，譬如今日生；今後所應負之責任益大且難，這真要我們真誠的不妥協的非投機的同志不念既往而真正聯合。」

6 語見《史記．高祖本紀》：「漢元年（前二〇六）十月，沛公（劉邦）兵遂先諸侯至霸上。……遂西入咸陽……還軍霸上。召諸縣父老豪傑曰：『父老苦秦苛法久矣，誹謗者族，偶語者棄市。吾與諸侯約，先入關者王之，吾當王關中。與父老約，法三章耳：殺人者死，傷人及盜抵罪。余悉除去秦法。』」又《漢書．刑法志》載：「漢興，高祖初入關，約法三章……其後四夷未附，兵革未息，三章之法不足以禦奸，於是相國蕭何捃摭秦法，取其宜於時者，作律九章。」

再談香港[1]

我經過我所視為「畏途」的香港，算起來九月二十八日是第三回。

第一回帶著一點行李，但並沒有遇見什麼事。第二回是單身往來，那情狀，已經寫過一點了。這回卻比前兩次彷彿先就感到不安，因為曾在《創造月刊》上王獨清先生的通信[2]中，見過英國雇用的中國同胞上船「查關」的威武：非罵則打，或者要幾塊錢。而我是有十隻書箱在統艙裡，六隻書箱和衣箱在房艙裡的。

看看掛英旗的同胞的手腕，自然也可說是一種經歷，但我又想，這代價未免太大了，這些行李翻動之後，單是重行整理捆紮，就須大半天；要實驗，最好只有一兩件。然而已經如此，也就隨他如此罷。只是給錢呢，還是聽他逐件查驗呢？倘查驗，我一個人一時怎麼收拾呢？

船是二十八日到香港的，當日無事。第二天午後，茶房匆匆跑來了，在房外用手招我道：

「查關！開箱子去！」

我拿了鑰匙，走進統艙，果然看見兩位穿深綠色制服的英屬同胞，手執鐵簽，在箱堆旁站著。我告訴他這裡面是舊書，他似乎不懂，嘴裡只有三個字：

「打開來！」

「這是對的，」我想，「他怎能相信漠不相識的我的話呢。」自然打開來，於是靠了兩個茶房的幫助，打開來了。

他一動手，我立刻覺得香港和廣州的查關的不同。我出廣州，也曾受過檢查。但那邊的檢查員，臉上是有血色的，也懂得我的話。每一包紙或一部書，抽出來看後，便放在原地方，所以毫不凌亂。的確是檢查。而在這「英人的樂園」的香港可大兩樣了。檢查員的臉是青色的，也似乎不懂我的話。

他只將箱子的內容倒出，翻攪一通，倘是一個紙包，便將包紙撕破，於是一箱書籍，經他攪鬆之後，便高出箱面有六七寸了。

「打開來！」

其次是第二箱。我想，試一試罷。

「兩塊。」我原也肯多給幾塊的，因為這檢查法委實可怕，十箱書收拾妥帖，至少要五點鐘。可惜我一元的鈔票只有兩張了，此外是十元的整票，我一時還不肯獻出去。

「打開來！」

兩個茶房將第二箱抬到艙面上，他如法炮製，一箱書又變了一箱半，還撕碎了幾個厚紙包。一面「查關」，一面磋商，我添到五元，他減到七元，即不肯再減。其時已經開到第五箱，四面圍滿了一群看熱鬧的旁觀者。

箱子已經開了一半了，索性由他看去罷，我想著，便停止了商議，只是「打開來」。但我的兩位同胞也彷彿有些厭倦了似的，漸漸不像先前一般翻箱倒篋，每箱只抽二三十本書，拋在箱面上，便畫了查訖的記號了。

其中有一束舊信札，似乎頗惹起他們的興味，振了一振精神，但看過四五封之後，也就放下了。此後大抵又開了一箱罷，他們便離開了亂書堆：這就是終結。

我仔細一看，已經打開的是八箱，兩箱絲毫未動。而這兩個碩果，卻全是伏園[3]的書箱，由我替他帶回上海來的。至於我自己的東西，是全部亂七八糟。

「吉人自有天相，伏園真福將也！而我的華蓋運卻還沒有走完，噫吁唏……」我想著，蹲下去隨手去拾亂書。拾不幾本，茶房又在艙口大聲叫我了：

「你的房裡查關，開箱子去！」

我將收拾書箱的事托了統艙的茶房，跑回房艙去。果然，兩位英屬同胞早在那裡等我了。床上的鋪蓋已經掀得稀亂，一個凳子躺在被鋪上。我一進門，他們便搜我身上的皮夾。

我以為意在看看名刺，可以知道姓名。然而並不看名刺，只將裡面的兩張十元鈔票一看，便交還我了。還囑咐我好好拿著，彷彿很怕我遺失似的。

其次是開提包，裡面都是衣服，只抖開了十來件，亂堆在床鋪上。其次是看提籃，有一個包著七元大洋的紙包，打開來數了一回，默然無話。還有一包十元的在底裡，卻不被發現，漏網了。其次是看長椅子上的手巾包，內有角子一包十元，散的四五元，銅子數十枚，看完之後，也默然無話。

其次是開衣箱。這回可有些可怕了。我取鎖匙略遲，同胞已經捏著鐵簽作將要毀壞鉸鏈之勢，幸而鑰匙已到，始慶安全。裡面也是衣服，自然還是照例的抖亂，不在話下。

「你給我們十塊錢，我們不搜查你了。」一個同胞一面搜衣箱，一面說。

我就抓起手巾包裡的散角子來，要交給他。但他不接受，回過頭去再「查關」。

話分兩頭。當這一位同胞在查提包和衣箱時，那一位同胞是在查網籃。但那檢查法，和在統艙裡查書箱的時候又兩樣了。那時還不過搗亂，這回卻變了毀壞。他先將魚肝油的紙匣撕碎，擲在地板上，還用鐵簽在蔣徑三[4]君送我的裝著含有荔枝香味的茶葉的瓶上鑽了一個洞。一面鑽，一面四顧，在桌上見了一把小刀。這是在北京時用十幾個銅子從白塔寺買來，帶到廣州，這回削過楊桃的。事後一量，連柄長華尺五寸三分。然而據說是犯了罪了。

「這是兇器，你犯罪的。」他拿起小刀來，指著向我說。

我不答話，他便放下小刀，將鹽煮花生的紙包用指頭挖了一個洞。接著又拿起一盒蚊煙香。

「這是什麼？」

「蚊煙香。盒子上不寫著麼？」我說。

「不是。這有些古怪。」

他於是抽出一枝來，嗅著。後來不知如何，因為這一位同胞已經搜完衣箱，我須去開第二只了。這時卻使我非常為難，那第二只裡並不是衣服或書籍，是極其零碎的東西：照片，鈔本，自己的譯稿，別人的文稿，剪存的報章，研究的資料……。我想，倘一毀壞或攪亂，那損失可太大了。

而同胞這時忽又去看了一回手巾包。我於是大悟，決心拿起手巾包裡十元整封的角子，給他看了一看。他回頭向門外一望，然後伸手接過去，在第二隻箱上畫了一個查訖的記號，走向那一位同胞去。大約打了一個暗號罷，——然而奇怪，他並不將錢帶走，卻塞在我的枕頭下，自己出去了。

這時那一位同胞正在用他的鐵簽，惡狠狠地刺入一個裝著餅類的罈子的封口去。我以為他一聽到暗號，就要中止了。

而孰知不然。他仍然繼續工作，挖開封口，將蓋著的一片木板摔在地板上，碎為兩片，然後取出一個餅，捏了一捏，擲入罎中，這才也揚長而去了。

天下太平。我坐在煙塵陡亂，亂七八糟的小房裡，悟出我的兩位同胞開手的搗亂，倒並不是惡意。即使議價，也須在小小亂七八糟之後，這是所以「掩人耳目」的，猶言如此凌亂，可見已經檢查過。王獨清先生不云乎？同胞之外，是還有一位高鼻子，白皮膚的主人翁的。當收款之際，先看門外者大約就為此。但我一直沒有看見這一位主人翁。

後來的毀壞，卻很有一點惡意了。然而也許倒要怪我自己不肯拿出鈔票去，只給銀角子。銀角子放在制服的口袋裡，沉墊墊地，確是易為主人翁所發現的，所以只得暫且放在枕頭下。我想，他大概須待公事辦畢，這才再來收賬罷。

皮鞋聲橐橐地自遠而近，停在我的房外了，我看時，是一個白人，頗胖，大概便是兩位同胞的主人翁了。

「查過了？」他笑嘻嘻地問我。

的確是的，主人翁的口吻。但是，一目了然，何必問呢？

或者因為看見我的行李特別亂七八糟，在安慰我，或在嘲弄我罷。

他從房外拾起一張《大陸報》[5]附送的圖畫，本來包著什物，由同胞撕下來拋出去的，倚在壁上看了一回，就又慢慢地走過去了。

我想，主人翁已經走過，「查關」該已收場了，於是先將第一只衣箱整理，捆好。

不料還是不行。一個同胞又來了，叫我「打開來」，他要查。接著是這樣的問答——

「他已經看過了。」我說。

「沒有看過。沒有打開過。打開來！」

「我剛剛捆好的。」

「我不信。打開來！」

「這裡不畫著查過的符號麼？」

「那麼，你給了錢了罷？你用賄賂……」

「……」

「你給了多少錢？」

「你去問你的一夥去。」

他去了。不久，那一個又忙忙走來，從枕頭下取了錢，此後便不再看見，——真正天下太平。

我才又慢慢地收拾那行李。只見桌子上聚集著幾件東西，是我的一把剪刀，一個開罐頭的傢伙，還有一把木柄的小刀。

大約倘沒有那十元小洋，便還要指這為「兇器」，加上「古怪」的香，來恐嚇我的罷。但那一枝香卻不在桌子上。

船一走動，全船反顯得更閒靜了，茶房和我閒談，卻將這翻箱倒篋的事，歸咎於我自己。

「你生得太瘦了，他疑心你是販鴉片的。」他說。

我實在有些愕然。真是人壽有限，「世故」無窮。我一向以為和人們搶飯碗要碰釘子，不要飯碗是無妨的。去年在廈門，才知道吃飯固難，不吃亦殊為「學者」[6]所不悅，得了不守本分的批評。

鬍鬚的形狀，有國粹和歐式之別，不易處置，我是早經明白的。今年到廣州，才又知道雖顏色也難以自由，有人在日報上警告我，叫我的鬍子不要變灰色，又不要變紅色。[7]至於為人不可太瘦，則到香港才省悟，先前是夢裡也未曾想到的。

的確，監督著同胞「查關」的一個西洋人，實在吃得很肥胖。

香港雖只一島，卻活畫著中國許多地方現在和將來的小照：中央幾位洋主子，手下是若干頌德的「高等華人」和一夥作倀的奴氣同胞。此外即全是默默吃苦的「土人」，能耐的死在洋場上，耐不住的逃入深山中，苗瑤[8]是我們的前輩。

九月二十九之夜。海上。

【注釋】

1 本篇最初發表於一九二七年十一月十九日《語絲》週刊第一五五期。

2 王獨清（一八九八—一九四〇），陝西西安人，創造社成員，後成為托洛茨基派分子。他這篇通信發表在《創造月刊》第一卷第七期（一九二七年七月十五日），題為《去雁》，是他在這年五月寫給成仿吾、何畏兩人的。信末說他自廣州赴上海，經過香港時，一個英國人帶著兩個中國人上船「查關」，翻箱倒篋，並隨意打罵旅客，有一個又向他索賄五塊錢等事。《創造月刊》，創造社主辦的文藝刊物，郁達夫、成仿吾等編輯，一九二六年三月創刊於上海，一九二九年一月停刊，共出十八期。

3 孫伏園（一八九四—一九六六），浙江紹興人，作者在紹興山會初級師範學堂任教時的學生，語絲社成員之一，先後任《晨報副刊》、《京報副刊》、武漢《中央日報副刊》編輯。曾與作者同在廈門大學、中山大學任教。著有《魯迅先生二三事》等書。

4 蔣徑三（一八九九－一九三六），浙江臨海人，當時任中山大學圖書館館員、歷史語言研究所助教。

5 美國人密勒（F.Millard）於一九一一年在上海創辦的英文日報。一九二六年左右由英國人接辦，一九四八年五月停刊。

6 指顧頡剛等。

7 關於鬍鬚的形狀，參看《墳．說鬍鬚》。下文說的關於鬍鬚顏色的警告，指當時廣州《國民新聞》副刊《新時代》發表的詩《魯迅先生在茶樓上》一文，其中說：「把他的鬍子研究起來，我的結論是，他會由黑而灰，由灰而白。至於有人希望或恐怕它變成『紅鬍子』，那就非我所敢知的了。」詩一，即梁式，廣東臺山人。當時是廣州《國民新聞》副刊《新時代》的編輯，後墮落為漢奸文人。

8 苗瑤為中國兩個少數民族。他們在古代由長江流域發展至黃河流域，居住於中國中部；後來經過長期的民族鬥爭，逐漸被迫轉移至西南、中南一帶山區。

革命文學[1]

今年在南方，聽得大家叫「革命」，正如去年在北方，聽得大家叫「討赤」的一樣盛大。

而這「革命」還侵入文藝界裡了。

最近，廣州的日報上還有一篇文章指示我們，叫我們應該以四位革命文學家為師法：義大利的唐南遮[2]，德國的霍普德曼[3]，西班牙的伊本納茲[4]，中國的吳稚暉。

兩位帝國主義者，一位本國政府的叛徒，一位國民黨救護的發起者[5]，都應該作為革命文學的師法，於是革命文學便莫名其妙了，因為這實在是至難之業。

於是不得已，世間往往誤以兩種文學為革命文學：一是在一方的指揮刀的掩護之下，斥罵他的敵手的[6]；一是紙面上寫著許多「打，打」，「殺，殺」，或「血，血」的。

如果這是「革命文學」，則做「革命文學家」，實在是最痛快而安全的事。從指揮刀下罵出去，從裁判席上罵下去，從官營的報上罵開去，真是偉哉一世之雄，妙在被罵者不敢開口。而又有人說，這不敢開口，又何其怯也？對手無「殺身成仁」[7]之勇，是第二條罪狀，斯愈足以顯革命文學家之英雄。所可惜者只在這文學並非對於強暴者的革命，而是對於失敗者的革命。

唐朝人早就知道，窮措大想做富貴詩，多用些「金」「玉」「錦」「綺」字面，自以為豪華，而不知適見其寒蠢。真會寫富貴景象的，有道：「笙歌歸院落，燈火下樓臺」[8]，全不用那些字。「打，打」，「殺，殺」，聽去誠然是英勇的，但不過是一面鼓。即使是鼙鼓，倘若前面無敵軍，後面無我軍，終於不過是一面鼓而已。

我以為根本問題是在作者可是一個「革命人」，倘是的，則無論寫的是什麼事件，用的是什麼材料，即都是「革命文學」。從噴泉裡出來的都是水，從血管裡出來的都是血。「賦得革命，五言八韻」[9]，是只能騙騙盲試官的。

但「革命人」就稀有。俄國十月革命時，確曾有許多文人願為革命盡力。但事實的狂風，終於轉得他們手足無措。顯明的例是詩人葉遂寧[10]的自殺，還有小說家梭波里[11]，他最後的話是：「活不下去了！」

在革命時代有大叫「活不下去了」的勇氣，才可以做革命文學。

葉遂寧和梭波里終於不是革命文學家。為什麼呢，因為俄國是實在在革命。革命文學家風起雲湧的所在，其實是並沒有革命的。

【注釋】

1 本篇最初發表於一九二七年十月二十一日上海《民眾旬刊》第五期。

2 唐南遮（Gabriele D'Annunzio，一八六三－一九三八），通譯鄧南遮，義大利作家。他在第一次世界大戰時擁護帝國主義戰爭，以後又狂熱地擁護墨索里尼侵略阿比西尼亞，受到法西斯主義黨的推崇。其創作傾向主要是唯美主義，著有劇本《琪珴康陶》，小說《死的勝利》等。

3 霍普德曼（G.Hauptmann，一八六二－一九四六），德國劇作家。早年寫過《日出之前》、《織工》等有一定社會意義的作品。在第一次世界大戰期間，他竭力贊助德皇威廉第二的武力政策，並糾合德國的若干知識分子為德軍在比利時的暴行辯護。

4 伊本納茲（一八六七—一九二八），通譯伊巴涅茲，西班牙作家、西班牙共和黨的領導人。因為反對王黨，曾兩次被西班牙政府監禁。一九二三年又被放逐，僑居法國。主要作品有小說《農舍》、《啟示錄的四騎士》等。

5 吳稚暉於一九二七年秉承蔣介石意旨，向國民黨中央監察委員會呈文，以「救護」國民黨為名發起「清黨」。

6 這裡說的指揮刀下的「革命文學」，指當時一些反動文人發起的反革命法西斯文學。如一九二七年間在廣州出現的所謂「革命文學社」，出版《這樣做》旬刊，第二期刊登的《革命文學社章程》中就有「本社集合純粹中國國民黨黨員，提倡革命文學……從事本黨的革命運動」等語。

7 語出《論語·衛靈公》：「子曰：『志士仁人，無求生以害仁，有殺身以成仁。』」

8 「笙歌歸院落」二句，見唐代白居易所作《宴散》一詩。宋代歐陽修《歸田錄》卷二說：「晏元獻公喜評詩。嘗曰：『老覺腰金重，慵便枕玉涼。』未是富貴語，不如『笙歌歸院落，燈火下樓臺』。此善言富貴者也。人皆以為知言。」

9 科舉時代的試帖詩，大抵都用古人詩句或成語，冠以「賦得」二字，以作詩題。清朝又規定每首為五言八韻，即五字一句，十六句一首，二句一韻。這裡指那些只有革命口號，空洞無物的作品。

10 葉遂寧（С.А. Есéнин，一八九五—一九二五），通譯葉賽寧，蘇聯詩人。以描寫宗法制度下農村田園生活的抒情詩著稱。十月革命時曾嚮往革命，寫過一些讚揚革命的詩，如《蘇維埃俄羅斯》等。但革命後陷入苦悶，於一九二五年十二月自殺。

11 梭波里（一八八八—一九二六），蘇聯作家。他在十月革命之後曾接近革命，但終因不滿於當時的現實而自殺。主要作品有長篇小說《塵土》、短篇小說集《櫻桃開花的時候》等。

《塵影》題辭[1]

在我自己，覺得中國現在是一個進向大時代的時代。但這所謂大，並不一定指可以由此得生，而也可以由此得死。

許多為愛的獻身者，已經由此得死。在其先，玩著意中而且意外的血的遊戲，以愉快和滿意，以及單是好看和熱鬧，贈給身在局內而旁觀的人們；但同時也給若干人以重壓。

這重壓除去的時候，不是死，就是生。這才是大時代。

在異性中看見愛，在百合花中看見天堂，在拾煤渣的老婦人的魂靈中看見拜金主義[2]，世界現在常為受機關槍擁護的仁義所治理，在此時此地聽到這樣的消息，我委實身心舒服，如喝好酒。然而《塵影》[3]所賫來的，卻是重壓。

現在的文藝，是往往給人不舒服的，沒有法子。要不然，只好使自己逃出文藝，或者從文藝推出人生。

誰更為仁義和鈔票寫照，為三道血的「難看」傳神呢？[4]我看見一篇《塵影》，它的愉快和重壓留與各色的人們。

然而在結末的「塵影」中卻又給我喝了一口好酒。

他將小寶留下，不告訴我們後來是得死，還是得生。[5]作者不願意使我們太受重壓罷。但這是好的，因為我覺得中國現在是進向大時代的時代。

一九二七年十二月七日，魯迅記於上海

【注釋】

1 本篇最初印入一九二七年十二月上海開明書店出版的《塵影》一書，題為〈《塵影》序言〉，稍後又刊載於一九二八年一月一日上海《文學週報》第二九七期。

2 這是針對胡適「提倡拜金主義」的文章而說的。該文說：「美國人因為崇拜大拉（按「大拉」是英語 dollar 的音譯，意思是「美元」，泛指金錢），所以，已經做到了真正『夜不閉戶，路不拾遺』的理想境界了。……我們不配罵人崇拜大拉；請回頭看看我們自己崇拜的是什麼？一個老太婆，背著一隻竹籮，拿著一根鐵杆，天天到弄堂裡去扒垃圾，去尋那垃圾堆裡一個半個沒有燒完的煤球，一寸兩寸稀爛奇髒的破布。——這些人崇拜的是什麼！」（據一九二七年十一月《語絲》週刊第一五六期《隨看錄三》）

3 中篇小說，黎錦明作。描寫一九二七年蔣介石國民黨背叛革命前後南方一個小縣城的局勢。這個小縣城在大革命中成立了「縣執行委員會」和「農工糾察隊」，鬥爭了地主豪紳；但在蔣介石叛變革命時，當地土豪和各色反動人物，與國民黨軍官相勾結，對革命力量突施襲擊，屠殺了許多革命者和工農群眾。

4《塵影》中有這樣的描寫：大土豪劉百歲被捕，群眾要求將他處死。他的兒子用幾千元向混進縣黨部當委員的舊官僚韓秉猷行賄求救。韓受賄後宴請同黨商議，說是「人家為孝道，我就為仁義」，最後商定將劉百歲放出。「三道血」是書中主要人物縣執行委員會主席、革命者熊履堂，在時局逆轉後被殺頭時所濺的血；「難看」是旁觀者的議論。

5《塵影》最末一章描寫熊履堂被殺時，他的兒子小寶正從幼稚園放學出來，唱著「打倒列強、除軍閥」的歌曲，但未敍明後來結果如何。

當陶元慶君的繪畫展覽時[1]

——我所要說的幾句話

陶元慶[2]君繪畫的展覽，我在北京所見的是第一回。記得那時曾經說過這樣意思的話[3]：他以新的形，尤其是新的色來寫出他自己的世界，而其中仍有中國向來的魂靈——要字面免得流於玄虛，則就是：民族性。

我覺得我的話在上海也沒有改正的必要。

中國現今的一部份人，確是很有些苦悶。我想，這是古國的青年的遲暮之感。世界的時代思潮早已六面襲來，而自己還拘禁在三千年陳的桎梏裡。於是覺醒，掙扎，反叛，要出而參與世界的事業——我要範圍說得小一點：文藝之業。倘使中國之在世界上不算在錯，則這樣的情形我以為也是對的。

然而現在外面的許多藝術界中人，已經對於自然反叛，將自然割裂，改造了。而文藝史界中人，則捨了用慣的向來以為是「永久」的舊尺，另以各時代各民族的固有的尺，來量各時代各民族的藝術，於是向埃及墳中的繪畫讚歎，對黑人刀柄上的雕刻點頭，這往往使我們誤解，以為要再回到舊日的桎梏裡。而新藝術家們勇猛的反叛，則震驚我們的耳目，又往往不能不感服。但是，我們是遲暮了，並未參與過先前的事業，於是有時就不過敬謹接收，又成了一種可敬的身外的新桎梏。

陶元慶君的繪畫，是沒有這兩重桎梏的。就因為內外兩面，都和世界的時代思潮合流，而又並未梏亡中國的民族性。

我於藝術界的事知道得極少，關於文字的事較為留心些。就如白話，從中，更就世所謂「歐化語體」來說罷。有人斥道：你用這樣的語體，可惜皮膚不白，鼻梁不高呀！誠然，這教訓是嚴厲的。但是，皮膚一白，鼻梁一高，他用的大概是歐文，不是歐化語體了。正唯其皮不白，鼻不高而偏要「的呵嗎呢」，並且一句裡用許多的「的」字，這才是為世詬病的今日的中國的我輩。

但我並非將歐化文來比擬陶元慶君的繪畫。意思只在說：他並非「之乎者也」，因為用的是新的形和新的色；而又不是「Yes」「No」，因為他究竟是中國人。所以，用密達尺[4]來量，是不對的，但也不能用什麼漢朝的慮俿尺[5]或清朝的營造尺[6]，因為他又已經是現今的人。

我想，必須用存在於現今想要參與世界上的事業的中國人的心裡的尺來量，這才懂得他的藝術。

一九二七年十二月十三日，魯迅於上海記。

【注釋】

1 本篇最初發表於一九二七年十二月十九日上海《時事新報》副刊《青光》。

2 陶元慶（一八九三—一九二九），字璇卿，浙江紹興人，美術家。曾任浙江台州第六中學、上海立達學園、杭州美術專科學校教員。魯迅前期著譯《彷徨》、《朝花夕拾》、《墳》、《苦悶的象徵》等書的封面都由他作畫。

3 作者在陶元慶第一回繪畫展覽時所說的話，即一九二五年三月十六日所作的《「陶元慶氏西洋繪畫展覽會目錄」序》（收入《集外集拾遺》）。

4 法國長度單位Metre的音譯，一譯米突。後來為大多數國家所採用，通稱為「米」。

5 東漢章帝建初六年（八一）所造的一種銅尺。

6 清朝工部營造工程中所用的尺子，也稱「部尺」，當時用作標準的長度單位。

盧梭和胃口[1]

做過《民約論》的盧梭[2]，自從他還未死掉的時候起，便受人們的責備和迫害，直到現在，責備終於沒有完。連在和「民約」沒有什麼關係的中華民國，也難免這一幕了。

例如商務印書館出版的《愛彌爾》[3]中文譯本的序文上，就說：

「……本書的第五編即女子教育，他的主張非但不徹底，而且不承認女子的人格，與前四編的尊重人類相矛盾。……所以在今日看來，他對於人類正當的主張，可說只樹得一半……。」

然而復旦大學出版的《復旦旬刊》創刊號上梁實秋[4]教授的意思，卻「稍微有點不同」了。其實豈但「稍微」而已耶，乃是「盧梭論教育，無一是處，唯其論女子教育，的確精當。」因為那是「根據於男女的性質與體格的差別而來」的。而近代生物學和心理學研究的結果，又證明著天下沒有兩個人是無差別。怎樣的人就該施以怎樣的教育[5]。所以，梁先生說——

「我覺得『人』字根本的該從字典裡永遠註銷，或由政府下令永禁行使。因為『人』字的意義太糊塗了。聰明絕頂的人，我們叫他做人，蠢笨如牛的人，也一樣的叫做人，弱不禁風的女子，叫做人，粗橫強大的男人，也叫做人，人裡面的三流九等，無一非人。

「近代的德謨克拉西的思想，平等的觀念，其起源即由於不承認人類的差別。近代所謂的男女平等運動，其起源即由於不承認男女的差別。人格是一個抽象名詞，是一個人的身心各方面的特點的總和。人的身心各方面的特點既有差別，實即人格上亦有差別。所謂侮辱人格的，即是不承認一個人特有的人格，盧梭承認女子有女子的人格，所以盧梭正是尊重女子的人格。抹殺女子所特有之特性者，才是侮辱女子人格。」

於是勢必至於得到這樣的結論——

「……正當的女子教育應該是使女子成為完全的女子。」

那麼，所謂正當的教育者，也應該是使「弱不禁風」者，成為完全的「弱不禁風」，「蠢笨如牛」者，成為完全的「蠢笨如牛」，這才免於侮辱各人——此字在未經從字典裡永遠註銷，政府下令永禁行使之前，暫且使用——的人格了。盧梭《愛彌爾》前四編的主張不這樣，其「無一是處」，於是可以算無疑。

但這所謂「無一是處」者，也只是對於「聰明絕頂的人」而言；在「蠢笨如牛的人」，卻是「正當」的教育。因為看了這樣的議論，可以使他更漸近於完全「蠢笨如牛」。這也就是尊重他的人格。

然而這種議論還是不會完結的。為什麼呢？一者，因為即使知道說「自然的不平等」[6]，而不容易明白真「自然」和「因積漸的人為而似自然」之分。二者，因為凡有學說，往往「合吾人之胃口者則容納之，且從而宣揚之」[7]也。

上海一隅，前二年大談亞諾德[8]，今年大談白璧德[9]，恐怕也就是胃口之故罷。

許多問題大抵發生於「胃口」，胃口的差別，也正如「人」字一樣的——

其實這兩字也應該呈請政府「下令永禁行使」。我且抄一段同是美國的 Upton Sinclair[10] 的，以尊重另一種人格罷——

「無論在那一個盧梭的批評家，都有首先應該解決的唯一的問題。為什麼你和他吵鬧的？要為他的到達點的那自由，平等，協調開路麼？還是因為畏懼盧梭所發向世界上的新思想和新感情的激流呢？使對於他取了為父之勞的個人主義運動的全體懷疑，將我們帶到子女服從父母，奴隸服從主人，妻子服從丈夫，臣民服從教皇和皇帝，大學生毫不發生疑問，而佩服教授的講義的善良的古代去，乃是你的目的麼？

「阿嶷夫人曰：『最後的一句，好像是對於白璧德教授的一箭似的。』

「『奇怪呀，』她的丈夫說。『斯人也而有斯姓也……那一定是上帝的審判了。』」

不知道和原意可有錯誤，因為我是從日本文重譯的。書的原名是《Mammonart》，在 California 的 Pasadena 作者自己出版，胃口相近的人們自己弄來看去罷。Mammon[11] 是希臘神話裡的財神，art 誰都知道是藝術。可以譯作「財神藝術」罷。日本的譯名是「拜金藝術」，也行。因為這一個字是作者生造的，政府既沒有下令頒行，字典裡也大概未曾注入，所以姑且在這裡加一點解釋。

十二，二一

【注釋】

1 本篇最初發表於一九二八年一月七日《語絲》週刊第四卷第四期。

2 盧梭（J.J.Rousseau，一七一二—一七七八），法國啟蒙思想家。他的主要著作《民約論》（一七六二年出版），提出「天賦人權」學說，抨擊封建專制制度，在十八世紀歐洲資產階級民主革命時期影響很大。他因此備受僧侶和貴族的迫害，以致不得不避居瑞士和英國。

3 通譯《愛彌兒》，盧梭所著的教育小說，一七六二年出版。在前四篇關於主要人物愛彌兒的描述中，作者認為人類在「自然狀態」下是平等的，應尊重人的自然發展。但第五篇敘述對莎菲亞的教育時，作者又認為「人既有差別，人格遂亦有差別，女子有女子的人格。」由於此書反封建、反宗教色彩濃厚，出版後曾被巴黎議會議決焚毀。中文本係魏肇基所譯，一九二三年六月商務印書館出版，序文為譯者所作。

4 梁實秋，浙江杭縣（今屬餘杭）人，新月社的重要成員。曾留學美國，是美國新人文主義者白壁德的追隨者。他的《盧梭論女子教育》一文，原發表於一九二六年十二月十五日《晨報副刊》，後略加修改，重新刊載於一九二七年十一月《復旦旬刊》創刊號。他認為盧梭關於女子教育的意見，「實足矯正近年來男女平等的學說」。

5 梁實秋在《盧梭論女子教育》中說：「近代生物學和心理學研究的結果，證明不但男子和女人是有差別的，就是男子和男子，女人和女人，又有差別。簡言之，天下就沒有兩個人是無差別的。什麼樣的人應該施以什麼樣的教育。」

6 盧梭在《論人類不平等的起源和基礎》（一七六二年出版）中說：「人類中有兩種不平等：一種，我把它叫做自然的或生理上的不平等，因為它是基於自然，由年齡、健康、體力及智慧或心靈的性質的不同而產生的；另一種可以稱為精神上的或政治上的不平等，因為它是起因於一種協議，由於人們的同意而設定的，或者至少是它的存在為大家所認可的。」（據李常山譯本，一九二六年商務印書館出版。）

7 「合吾人之胃口者則容納之」二句，是梁實秋《盧梭論女子教育》中的話。

8 亞諾德（M.Arnold，一八二二—一八八八），通譯阿諾德，英國詩人、文藝批評家。梁實秋在所著《文學批評辯》、《文學的紀律》等文裡常引用他的意見。

9 白璧德（I.Babbitt，一八六五—一九三三），美國近代所謂「新人文主義」運動的領導者之一，哈佛大學教授。他在所著《盧騷及浪漫主義》一書中，對盧梭大肆攻擊。梁實秋說盧梭「無一是處」，便是依據他的意見而來的。

10 阿通．辛克萊（一八七八—一九六八），美國小說家。下文的《Mammonart》，即《拜金藝術》，辛克萊的一部用經濟的觀點解釋歷史上各時代的文藝的專著，一九二五年出版。California 的 Pasadena，即加利福尼亞州的帕薩第那城。按引文中的阿嶷是該書中一個原始時代的藝術家的名字。這裡的引文是根據木村生死的日文譯本《拜金藝術》（一九二七年東京金星堂出版）重譯。

11 這個詞來源於古代西亞的阿拉米語，經過希臘語移植到近代西歐各國語言中，指財富或財神，後轉義為好利貪財的惡魔。古希臘神話中的財神是普路托斯（Ploutos）。

文學和出汗[1]

上海的教授對人講文學，以為文學當描寫永遠不變的人性，否則便不久長[2]。例如英國，莎士比亞和別的一兩個人所寫的是永久不變的人性，所以至今流傳，其餘的不這樣，就都消滅了云。

這真是所謂「你不說我倒還明白，你越說我越糊塗」了。英國有許多先前的文章不流傳，我想，這是總會有的，但竟沒有想到它們的消滅，乃因為不寫永久不變的人性。現在既然知道了這一層，卻更不解它們既已消滅，現在的教授何從看見，卻居然斷定它們所寫的都不是永久不變的人性了。

只要流傳的便是好文學，只要消滅的便是壞文學；搶得天下的便是王，搶不到天下的便是賊。莫非中國式的歷史論，也將溝通了中國人的文學論歟？

而且，人性是永久不變的麼？

類人猿，類猿人，原人，古人，今人，未來的人，……如果生物真會進化，人性就不能永久不變。不說類猿人，就是原人的脾氣，我們大約就很難猜得著的，則我們的脾氣，恐怕未來的人也未必會明白。要寫永久不變的人性，實在難哪。

譬如出汗罷，我想，似乎於古有之，於今也有，將來一定暫時也還有，該可以算得較為「永久不變的人性」了。然而「弱不禁風」的小姐出的是香汗，「蠢笨如牛」的工人出的是臭汗。不知道倘要做長留世上的文字，要充長留世上的文學家，是描寫香汗好呢，還是描寫臭汗好？這問題倘不先行解決，則在將來文學史上的位置，委實是「岌岌乎殆哉」[3]。

聽說，例如英國，那小說，先前是大抵寫給太太小姐們看的，其中自然是香汗多；到十九世紀後半，受了俄國文學的影響，就很有些臭汗氣了。那一種的命長，現在似乎還在不可知之數。

在中國，從道士聽論道，從批評家聽談文，都令人毛孔痙攣，汗不敢出[4]。然而這也許倒是中國的「永久不變的人性」罷。

二七，一二，二三

【注釋】

1 本篇最初發表於一九二八年一月十四日《語絲》週刊第四卷第五期。

2 指梁實秋。他在一九二六年十月二十七、二十八日《晨報副刊》發表的《文學批評辯》一文中說：「物質的狀態是變動的，人生的態度是歧異的；但人性的質素是普遍的，文學的品味是固定的。所以偉大的文學作品能禁得起時代和地域的試驗。《依里亞德》在今天尚有人讀，莎士比亞的戲劇，到現在還有人演，因為普遍的人性是一切偉大的作品之基礎。」這種超階級的「人性論」，是他在一九二七年前後數年間所寫的文藝批評的根本思想。

3 語出《孟子．萬章》：「天下殆哉，岌岌乎！」即危險不安的意思。

4 見《世說新語．言語》：「戰戰慄慄，汗不敢出。」

文藝和革命[1]

歡喜維持文藝的人們，每在革命地方，便愛說「文藝是革命的先驅」。

我覺得這很可疑。或者外國是如此的罷；中國自有其特別國情[2]，應該例外。現在妄加編排，以質同志——

1、革命軍。先要有軍，才能革命，凡已經革命的地方，都是軍隊先到的：這是先驅。大軍官們也許到得遲一點，但自然也是先驅，無須多說。

（這之前，有時恐怕也有青年潛入宣傳，工人起來暗助，但這些人們大抵已經死掉，或則無從查考了，置之不論。）

2、人民代表。軍官們一到，便有人民代表群集車站歡迎，手執國旗，嘴喊口號，「革命空氣，非常濃厚」：這是第二先驅。

3、文學家。於是什麼革命文學，民眾文學，同情文學[3]，飛騰文學都出來了，偉大光明的名稱的期刊也出來了，來指導青年的：這是——可惜得很，但也不要緊——第三先驅。

外國是革命軍興以前，就有被迫出國的盧梭，流放極邊的珂羅連珂[4]……。好了。倘若硬要樂觀，也可以了。因為我們常聽到所謂文學家將要出國的消息，看見新聞上的記載，廣告；看見詩；看見文。雖然尚未動身，卻也給我們一種「將來學成歸國，了不得呀！」的預感，——希望是誰都願意有的。

十二月二十四夜零點一分五秒

【注釋】

1 本篇最初發表於一九二八年一月二十八日《語絲》週刊第四卷第七期。

2 這是一九一五年袁世凱陰謀復辟帝制時，他的憲法顧問美國人古德諾散布的一種謬論。古德諾於這年八月十日北京《亞細亞日報》發表《共和與君主論》一文，聲稱中國自有「特別國情」，不適宜實行民主政治，應當恢復君主政體，為袁世凱稱帝製造輿論。魯迅這裡用這一語有諷刺意味。

3 一九二七年春，廣州一小撮共產黨的叛徒在《民國日報》副刊《現代青年》上連續發表「懺悔」的詩文，並對他們的叛變互表「同情」；三月間，又在《現代青年》上發表《談談革命文藝》、《革命與文藝》等文章，鼓吹文藝「是人類同情的呼聲」，「人類同情的應惑」等等。所謂「同情文學」，當指這類東西。

4 珂羅連珂（B.T.Kopojiehko，一八五三－一九二一），通譯柯羅連科，俄國作家，曾因參加革命活動，被流放西伯利亞六年。著有中篇小說《盲音樂家》、文學回憶錄《我的同時代人的故事》等。

談所謂「大內檔案」[1]

所謂「大內檔案」[2]這東西，在清朝的內閣裡積存了三百多年，在孔廟裡塞了十多年，誰也一聲不響。自從歷史博物館將這殘餘賣給紙鋪子，紙鋪子轉賣給羅振玉[3]，羅振玉轉賣給日本人，於是乎大有號咷之聲，彷彿國寶已失，國脈隨之似的。

前幾年，我也曾見過幾個人的議論，所記得的一個是金梁[4]，登在《東方雜誌》上；還有羅振玉和王國維[5]，隨時發感慨。最近的是《北新半月刊》上的《論檔案的售出》，蔣彝潛[6]先生做的。

我覺得他們的議論都不大確。金梁，本是杭州的駐防旗人，早先主張排漢的，民國以來，便算是遺老了，凡有民國所做的事，他自然都以為很可惡。羅振玉呢，也算是遺老，曾經立誓不見國門，而後來僕僕京津間，痛責後生不好古，而偏將古董賣給外國人的，只要看他的題跋，大抵有「廣告」氣撲鼻，便知道「於意云何」了。獨有王國維已經在水裡將遺老生活結束，是老實人；但他的感喟，卻往往和羅振玉一鼻孔出氣，雖然所出的氣，有真假之分。所以他被弄成夾廣告的 Sandwich[7]，是常有的事，因為他老實到像火腿一般。蔣先生是例外，我看並非遺老，只因為 sentimental[8] 一點，所以受了羅振玉輩的騙了。你想，他要將這賣給日本人，肯說這不是寶貝的麼？

那麼，這不是好東西麼？不好，怎麼你也要買，我也要買呢？我想，這是誰也要發的質問。

答曰：唯唯，否否。這正如敗落大戶家裡的一堆廢紙，說好也行，說無用也行的。因為是廢紙，所以無用；因為是敗落大戶家裡的，所以也許夾些好東西。況且這所謂好與不好，也因人的看法而不同，我的寓所近旁的一個垃圾箱，裡面都是住戶所棄的無用的東西，但我看見早上總有幾個背著竹籃的人，從那裡面一片一片，一塊一塊，檢了什麼東西去了，還有用。更何況現在的時候，皇帝也還尊貴，只要在「大內」裡放幾天，或者帶一個「宮」字，就容易使人另眼相看的，這真是說也不信，雖然在民國。

「大內檔案」也者，據深通「國朝」[9]掌故的羅遺老說，是他的「國朝」時堆在內閣裡的亂紙，大家主張焚棄，經他力爭，這才保留下來的。但到他的「國朝」退位，民國元年我到北京的時候，它們已經被裝為八千（？）麻袋，塞在孔廟之中的敬一亭裡了，的確滿滿地埋滿了大半亭子。其時孔廟裡設了一個歷史博物館籌備處，處長是胡玉縉[10]先生。「籌備處」云者，即裡面並無「歷史博物」的意思。

我卻在教育部，因此也就和麻袋們發生了一點關係，眼見它們的升沉隱顯。可氣可笑的事是有的，但多是小玩意；後來看見外面的議論說得天花亂墜起來，也頗想做幾句記事，敘出我所目睹的情節。可是膽子小，因為牽涉著的闊人很有幾個，沒有敢動筆。這是我的「世故」，在中國做人，罵民族，罵國家，罵社會，罵團體，……都可以的，但不可涉及個人，有名有姓。廣州的一種期刊上說我只打叭兒狗，不罵軍閥。殊不知我正因為罵了叭兒狗，這才有逃出北京的運命。泛罵軍閥，誰來管呢？軍閥是不看雜誌的，就靠叭兒狗嗅，候補叭兒狗吠。啊，說下去又不好了，趕快帶住。

現在是寓在南方，大約不妨說幾句了，這些事情，將來恐怕也未必另外有人說。但我對於有關面子的人物，仍然都不用真姓名，將羅馬字來替代。既非歐化，也不是「隱惡揚善」，只不過「遠害全身」。這也是我的「世故」，不要以為自己在南方，他們在北方，或者不知所在，就小覷他們。他們是突然會在你眼前闊起來的，真是神奇得很。這時候，恐怕就會死得連自己也莫名其妙了。所以要穩當，最好是不說。但我現在來「折衷」，既非不說，而不盡說，而代以羅馬字，——如果這樣還不妥，那麼，也只好聽天由命了。上帝安我魂靈！

卻說這些麻袋們躺在敬一亭裡，就很令歷史博物館籌備處長胡玉縉先生擔憂，日夜提防工役們放火。為什麼呢？這事談起來可有些繁複了。

弄些所謂「國學」的人大概都知道，胡先生原是南菁書院[11]的高材生，不但深研舊學，並且博識前朝掌故的。他知道清朝武英殿裡藏過一副銅活字，後來太監們你也偷，我也偷，偷得「不亦樂乎」，待到王爺們似乎要來查考的時候，就放了一把火。自然，連武英殿也沒有了，更何況銅活字的多少。而不幸敬一亭中的麻袋，也彷彿常常減少，工役們不是國學家，所以他將內容的寶貝倒在地上，單拿麻袋去賣錢。胡先生因此想到武英殿失火的故事，深怕麻袋缺得多了之後，敬一亭也照例燒起來；就到教育部去商議一個遷移，或整理，或銷毀的辦法。

專管這一類事情的是社會教育司，然而司長是夏曾佑[12]先生。弄些什麼「國學」的人大概也都知道的，我們不必看他另外的論文，只要看他所編的兩本《中國歷史教科書》，就知道他看中國人有怎地清楚。他是知道中國的一切事萬不可「辦」的；即如檔案罷，任其自然，爛掉，黴掉，蛀掉，偷掉，甚而至於燒掉，倒是天下太平；倘一加人為，一「辦」，那就輿論沸騰，不可開交了。結果是辦事的人成為眾矢之的，謠言和讒謗，百口也分不清。所以他的主張是「這個東西萬萬動不得」。

這兩位熟於掌故的「要辦」和「不辦」的老先生，從此都知道各人的意思，說說笑笑，……但竟拖延下去了。於是麻袋們又安穩地躺了十來年。

這回是F先生[13]來做教育總長了，他是藏書和「考古」的名人。我想，他一定聽到了什麼謠言，以為麻袋裡定有好的宋版書——「海內孤本」。這一類謠言是常有的，我早先還聽得人說，其中且有什麼妃的繡鞋和什麼王的頭骨哩。

有一天，他就發一個命令，教我和G主事[14]試看麻袋。即日搬了二十個到西花廳，我們倆在塵埃中看寶貝，大抵是賀表，黃綾封，要說好是也可以說好的，但太多了，倒覺得不稀奇。還有奏章，小刑名案子居多，文字是半滿半漢，只有幾個是也特別的，但滿眼都是了，也覺得討厭。殿試[15]卷是一本也沒有；另有幾箱，原在教育部，不過都是二三甲的卷子，聽說名次高一點的在清朝便已被人偷去了，何況乎狀元。至於宋版書呢，有是有的，或則破爛的半本，或是撕破的幾張。也有清初的黃榜，也有實錄[16]的稿本。朝鮮的賀正表，我記得也發現過一張。

我們後來又看了兩天，麻袋的數目，記不清楚了，但奇怪，這時以考察歐美教育馳譽的Y次長[17]，以講大話出名的C參事[18]，忽然都變為考古家了。他們和F總長，都「念茲在茲」[19]，在塵埃中間和破紙旁邊離不開。凡有我們撿起在桌上的，他們總要拿進去，說是去看看。等到送還的時候，往往比原先要少一點，上帝在上，那倒是真的。

大約是幾頁宋版書作怪罷，F總長要大舉整理了，另派了部員幾十人，我倒幸而不在內。其時歷史博物館籌備處已經遷在午門，處長早換了YT[20]，麻袋們便在午門上被整理。YT是一個旗人，京腔說得極漂亮，文字從來不談的，但是，奇怪之至，他竟也忽然變成考古家了，對於此道津津有味。後來還珍藏著一本宋版的什麼《司馬法》[21]，可惜缺了角，但已經都用古色紙補了起來。

那時的整理法我不大記得了，要之，是分為「保存」和「放棄」，即「有用」和「無用」的兩部分。從此幾十個部員，即天天在塵埃和破紙中出沒，漸漸完工——出沒了多少天，我也記不清楚了。「保存」的一部分，後來給北京大學又分了一大部分去。其餘的仍藏博物館。不要的呢，當時是散放在午門的門樓上。

那麼，這些不要的東西，應該可以銷毀了罷，免得失火。不，據「高等做官教科書」所指示，不能如此草草的。派部員幾十人辦理，雖說倘有後患，即應由他們負責，和總長無干。但究竟還只一部，外面說起話來，指摘的還是某部，而非某部的某某人。既然只是「部」，就又不能和總長無干了。

於是辦公事，請各部都派員會同再行檢查。這宗公事是靈的，不到兩星期，各部都派來了，從兩個至四個，其中很多的是新從外洋回來的留學生，還穿著嶄新的洋服。於是濟濟蹌蹌，又在灰土和廢紙之間鑽來鑽去。但是，說也奇怪，好幾個嶄新的留學生又都忽然變了考古家了，將破爛的紙張，絹片，塞到洋褲袋裡——但這是傳聞之詞，我沒有目睹。

這一種儀式既經舉行，即倘有後患，各部都該負責，不能超然物外，說風涼話了。從此午門樓上的空氣，便再沒有先前一般緊張，只見一大群破紙寂寞地鋪在地面上，時有一二工役，手執長木棍，攪著，拾取些黃綾表簽和別的他們所要的東西。

那麼，這些不要的東西，應該可以銷毀了罷，免得失火。不。F總長是深通「高等做官學」的，他知道萬不可燒，一燒必至於變成寶貝，正如人們一死，訃文上即都是第一等好人一般。況且他的主義本來並不在避火，所以他便不管了，接著，他也就「下野」了。

這些廢紙從此便又沒有人再提起，直到歷史博物館自行賣掉之後，才又掀起了一陣神秘的風波。

我的話實在也未免有些煞風景，近乎說，這殘餘的廢紙裡，已沒有什麼寶貝似的。那麼，外面驚心動魄的什麼唐畫呀，蜀石經[22]呀，宋版書呀，何從而來的呢？我想，這也是別人必發的質問。

我想，那是這樣的。殘餘的破紙裡，大約總不免有所謂東西遺留，但未必會有蜀刻和宋版，因為這正是大家所注意搜索的。現在好東西的層出不窮者，一，是因為闊人先前陸續偷去的東西，本不敢示人，現在卻得了可以發表的機會；二，是許多假造的古董，都掛了出於八千麻袋中的招牌而上市了。

還有，蔣先生以為國立圖書館「五六年來一直到此刻，每次戰爭的勝來敗去總得糟蹋得很多。」那可也不然的。從元年到十五年，每次戰爭，圖書館從未遭過損失。只當袁世凱稱帝時，曾經幾乎遭一個皇室中人攘奪，然而倖免了。它的厄運，是在好書被有權者用相似的本子來掉換，年深月久，弄得面目全非，但我不想在這裡多說了。

中國公共的東西，實在不容易保存。如果當局者是外行，他便將東西糟完，倘是內行，他便將東西偷完。而其實也並不單是對於書籍或古董。

一九二七，一二，二四

【注釋】

1 本篇最初發表於一九二八年一月二十八日《語絲》週刊第四卷第七期。

2 指清朝存放於內閣大庫內的詔令、奏章、朱諭、則例、外國的表章、歷科殿試的卷子以及其他檔。內容龐雜，是有關清朝歷史的原始資料。

3 羅振玉（一八六六—一九四〇），字叔蘊，浙江上虞人，辛亥革命以後，他自充遺老，曾在文章中咒罵武昌起義為「盜起湖北」，又自稱「不忍見國門」；但他後來寓居天津，仍往來京津，常到故宮「朝見」廢帝溥儀，並與一般遺老和日本帝國主義分子進行復辟的陰謀活動。一九二二年春，歷史博物館將大內檔案殘餘賣給北京同懋增紙店，售價四千元；其後又由羅振玉以一萬二千元買得。一九二七年九月，羅振玉又將它賣給日本人松崎。

4 金梁，字息侯，駐防杭州的漢軍旗人。清光緒進士，曾任京師大學堂提調、奉天新民府知府。民國後是堅持復辟的頑固分子。這裡是指他在《東方雜誌》第二十卷第四號（一九二三年二月二十五日）發表的《內閣大庫檔案訪求記》一文。《東方雜誌》，綜合性刊物，商務印書館出版，一九〇四年三月在上海創刊，一九四八年十二月停刊，共出四十四卷。

5 王國維（一八七七—一九二七），字靜安，號觀堂，浙江海寧人，近代學者。著有《宋元戲曲史》、《觀堂集林》、《人間詞話》等。他一生和羅振玉的關係密切，在羅的影響下，受清廢帝溥儀的徵召，任所謂清宮「南書房行走」；後於一九二七年六月在北京頤和園昆明湖投水自殺。

6 蔣彝潛：事蹟不詳。他的《論檔案的售出》一文，載一九二七年十一月一日《北新》半月刊第二卷第一號。

7 即三明治。

8 感傷的。按蔣彝潛的文章中充滿「追悼」、「痛哭」、「去了！東渡！——一部清朝全史！」等語句。

9 封建時代臣民稱本朝為「國朝」，這裡是指清朝。辛亥革命以後，羅振玉在文章中仍稱清朝為「國朝」。

10 胡玉縉（一八五九—一九四〇），字綏之，江蘇吳縣人。清末曾任學部員外郎、京師大學堂文科教授。著有《許廎學林》等書。

11 在江蘇江陰縣城內，清光緒十年（一八八四）江蘇學政黃體芳創立，以經史詞章教授學生，主講者有黃以周、繆荃孫等人。曾刻有《南菁書院叢書》、《南菁講舍文集》等。

12 夏曾佑（一八六五—一九二四）：字穗卿，浙江杭縣（今餘杭）人。光緒進士。他在清末與譚嗣同、梁啟超等提倡新學，參加維新運動。一九一二年五月至一九一五年七月任北洋政府教育部社會教育司司長。他所著的《中國歷史教科書》，從上古起到隋代止，共三卷，商務印書館出版。後改名為《中國古代史》，列為該館編印的《大學叢書》之一。

13 指傅增湘（一八七二—一九四九），字沅叔，四川江安人，藏書家。一九一七年十二月至一九一九年五月任北洋政府教育總長。著有《藏園群書題記》等書。

14 G主事：不詳。

15 殿試又叫廷試，皇帝主持的考試。殿試分三甲錄取，第一甲賜進士及第，錄取三名（狀元、榜眼、探花），第二甲賜進士出身，第三甲賜同進士出身。

16 封建王朝中某一皇帝統治時期的編年大事記，由當時的史臣奉旨編寫。因材料較豐富，常為後來修史的人所採用。

17 指袁希濤（一八六六—一九三〇），字觀瀾，江蘇寶山人。曾任江蘇省教育會會長，一九一五年到一九一九年間先後兩次任北洋政府教育部次長等職。

18 指蔣維喬，字竹莊，江蘇武進人。一九一二年至一九一七年間先後三次任北洋政府教育部參事。

19 語見《尚書．大禹謨》。念念不忘的意思。

20 指彥德，字明允，滿洲正黃旗人，曾任清政府學部總務司郎中、京師學務局長。他在這「大內檔案」中得到蜀石經《穀梁傳》九四〇餘字。（羅振玉亦得《穀梁傳》七十餘字，後來兩人都賣給盧江劉體乾；劉於一九二六年曾影印《孟蜀石經》八冊。）

21 古代兵書名，共三卷，舊題齊司馬穰苴撰，但實為戰國時齊威王諸臣輯古代司馬（掌管軍政、軍賦的官）兵法而成；其中曾附及田穰苴用兵的方法，所以稱為《司馬穰苴兵法》，後來《隋書．經籍志》等就以為是他所撰。

22 五代時，後蜀皇帝孟昶命宰相毋昭裔楷書《易》、《詩》、《書》、三《禮》、三《傳》、《論》、《孟》等十一經，刻石列於成都學宮。這種石刻經文的拓本，後世稱為蜀石經。因為它是歷代石經中唯一附有注文的一種，錯字也比較少，所以為後來研究經學的人所重視。

擬豫言[1]

——一九二九年出現的瑣事

有公民某甲上書，請每縣各設大學一所，添設監獄兩所。被斥。

有公民某乙上書，請將共產主義者之產業作為公產，女眷作為公妻，以懲一儆百。半年不批。某乙忿而反革命，被好友告發，逃入租界。

有大批名人學者及文藝家，從外洋回國，於外洋一切政俗學術文藝，皆已比本國者更為深通，受有學位。但其尤為高超者未入學校。

科學，文藝，軍事，經濟的連合戰線告成。

正月初一，上海有許多新的期刊出版[2]，本子最長大者，為——

文藝又復興。文藝真正老復興。宇宙。其大無外。至高無上。太太陽。光明之極。白熱以上。新新生命。新新新生命。同情。正義。義旗。刹那。飛獅。地震。啊呀。真真美善。……等等。

同日，美國富豪們聯名電賀北京檢煤渣老婆子等，稱為「同志」[3]，無從投遞，次日退回。

正月初三，哲學與小說同時滅亡。

有提倡「一我主義」者，幾被查禁。後來查得議論並不新異，著無庸議，聽其自然。

有公民某丙著論，謂當「以黨治國」[4]，即被批評家們痛駁，謂「久已如此，而還要多說，實屬不明大勢，昏憒糊塗」。

謠傳有男女青年四萬一千九百二十六人失蹤。

蒙古親近赤俄，公決革出五族，以僑華白俄補缺，仍為「五族共和」，各界提燈慶祝。

《小說月報》出「列入世界文學兩周年紀念」號，定購全年者，各送優待券一張，購書照定價八五折。

《古今史疑大全》[5]出版，有名人學者往來信札函件批語頌辭共二千五百餘封，編者自傳二百五十餘葉，廣告登在《藝術界》，謂所費郵票，即已不貲，其價值可想。

美國開演《玉堂春》影片，白璧德教授評為絕非盧梭所及[6]。

有中國的法斯德[7]挑同情一擔，訪郭沫若，見郭窮極，失望而去。

有在朝者數人下野；有在野者多人下坑。

綁票公司股票漲至三倍半。

女界恐乳大或有被割之險，仍舊束胸，家長多被罰洋五十元，國帑更裕[8]。

有博士講「經濟學精義」，只用兩句，云：「銅板換角子，角子換大洋。」[9]全世界敬服。

有革命文學家將馬克思學說推翻，這只用一句，云：「什麼馬克斯牛克斯。」[10]全世界敬服，猶太人大慚。

新詩「雇人哭喪假哼哼體」流行。

茶店，浴堂，麻花攤，皆寄售《現代評論》[11]。

赤賊完全消滅，安那其主義將於四百九十八年後實行[12]。

【注釋】

1 本篇最初發表於一九二八年一月二十八日《語絲》週刊第四卷第七期，署名楮冠。

2 關於當時出現的一些期刊，作者稍後在《「醉眼」中的朦朧》一文中曾說過：「舊曆和新曆的今年似乎於上海的文藝家們特別有著刺激力，接連的兩個新正一過，期刊便紛紛而出了。他們大抵將全力用盡在偉大或尊嚴的名目上，不惜將內容壓殺。」（見《三閒集》）可參看。

3 關於美國富豪稱北京撿煤渣老婆子為「同志」，參看本書〈《塵影》題辭〉一文注2。

4 蔣介石在「四一二」反革命政變後為實行反共反人民的獨裁統治而提出的口號。他在一九二七年四月三十日發表的《告全國民眾書》中鼓吹：「我們是主張『以黨治國』為救中國的唯一出路」，「我國民黨是負責的政黨，所以我們不許共產黨混雜在裡面，……我們『以黨治國』的主張，自有苦心精義。」

5 這是影射顧頡剛的《古史辨》而虛擬的書名。一九二六年六月，顧頡剛出版了《古史辨》第一冊，內收他自己和胡適等人所作討論中國古史的文字及往來信札；書前有他的一篇自序，詳述其身世、環境、求學經過與治學方法等等，長達一〇三頁，就像是他的自傳。書中各篇，往往以主觀武斷的態度對待古代的史實和人物。

6 敍述妓女蘇三（玉堂春）遭遇的故事。最早見於《警世通言．玉堂春落難逢夫》，以後被改編為彈詞、京戲、評劇、電影等等。按白璧德文藝思想的追隨者梁實秋在論盧梭關於女子教育的意見時，曾說男女「人格」有差別，「正當的女子教育應該是使女子成為完全的女子」。（參看本書《盧梭和胃口》）這裡是說，像玉堂春那樣被踐踏的女性，應該是最符合梁實秋的理論的所謂「完全的女子」。

7 大概是指高長虹。法斯德即德國作家歌德詩劇《浮士德》中的主角浮士德，是歐洲傳說中的一個冒險人物。高長虹在《一九二五北京出版界形勢指掌圖》內曾說：「魯迅則常說郭沫若驕傲，我則說他的態度才能倒都好，頗有類似歌德的樣子。」又說：「聽一個朋友說，……郭沫若醉後寫了一副對聯給周作人，意思是什麼成文豪置房產之類。」文中所說「同情」也是高長虹的話，參看本書〈新時代的放債法〉一文注2。高長虹說魯迅「常說郭沫若驕傲」，完全出於「捏造」，參看《兩地書．七三》。又所說郭沫若寫對聯給周作人，亦無其事。

8 參看本書〈憂「天乳」〉一文注6。

9 指馬寅初。作者在《兩地書．五八》中說：「馬寅初博士到廈門來演說，所謂『北大同人』，正在發昏章第十一，排班歡迎。我固然是『北大同人』之一，也非不知銀行之可以發財，然而於『銅子換毛線，毛錢換大洋』學說，實在沒有什麼趣味，所以都不加入。」

10 指吳稚暉。他在國民黨「清黨」前後，常常發表這種反革命言論。這一句迭見於他在一九二七年五月、七月給汪精衛的信中。按廣州報紙曾稱吳稚暉為「革命文學家」。參看本書《革命文學》一文。

11 為了擴大《現代評論》銷路，曾在該刊「特別增刊」第一號（一九二五年十月二十八日）刊登「《現代評論》代售處」一表，分「京內」「京外」「國外」三欄，詳列代售處一百多處，其中有百貨店、藥店、實業公司、同善社等等。

12 這是對於自稱無政府主義者的國民黨政客吳稚暉的諷刺。參看本書〈答有恒先生〉一文注17。安那其主義，英語 Anarchism 的音譯，即無政府主義。

附錄

大衍發微[1]

三月十八日段祺瑞，賈德耀[2]，章士釗們使衛兵槍殺民眾，通緝五個所謂「暴徒首領」[3]之後，報上還流傳著一張他們想要第二批通緝的名單。對於這名單的編纂者，我現在並不想研究。但將這一批人的籍貫職務調查開列起來，卻覺得取捨是頗為巧妙的。先開前六名，但所任的職務，因為我見聞有限，所以也許有遺漏：

一　徐謙（安徽）俄國退還庚子賠款委員會委員，中俄大學校長，廣東外交團代表主席。

二　李大釗（直隸）國立北京大學教授，校長室秘書。
三　吳敬恆（江蘇）清室善後委員會監理。
四　李煜瀛（直隸）俄款委員會委員長，清室善後委員會委員長，中法大學代理校長，北大教授。
五　易培基（湖南）前教育總長，現國立北京女子師範大學校長。
六　顧兆熊（直隸）俄款委員會委員，北大教務長，北京教育會會長。

四月九日《京報》[4]云：「姓名上尚有圈點等符號，其意不明。……徐李等五人名上各有三圈，吳稚暉雖列名第三，而僅一點。餘或兩圈一圈或一點，不記其詳。」於是就有人推測，以為吳老先生之所以僅有一點者，因章士釗還想引以為重，以及別的原因云云。

案此皆未經開列職務，以及未見陳源《閒話》之故也。只要一看上文，便知道圈點之別，不過表明「差缺」之是否「優美」[5]。監理是點查物件的監督者，又沒有什麼薪水，所以只配一點；而別人之

「差缺」則大矣，自然值得三圈。「不記其詳」的餘人，依此類推，大約即不至於有大錯。將冠冕堂皇的「整頓學風」[6]的盛舉，只作如是觀，雖然太煞風景，對不住「正人君子」們，然而我的眼光這樣，也就無法可想。再寫下去罷，計開：

七　陳友仁（廣東）前《民報》英文記者，現《國民新報》英文記者。

八　陳啟修（四川）中俄大學教務長，北大教授，女師大教授，《國民新報副刊》編輯。

九　朱家驊（浙江）北大教授。

十　蔣夢麟（浙江）北大教授，代理校長。

十一　馬裕藻（浙江）北大國文系主任，師大教授，前女師大總務長現教授。

十二　許壽裳（浙江）教育部編審員，前女師大教務長現教授。

十三　沈兼士（浙江）北大國文系教授，清室善後委員會委員，女師大教授。

十四　陳　垣（廣東）前教育次長，現清室善後委員會委員，北大導師。

十五　馬敘倫（浙江）前教育次長，教育特稅督辦，現國立師範大學教授，北大講師。

十六　邵振青（浙江）《京報》總編輯。

十七　林玉堂（福建）北大英文系教授，女師大教務長，《國民新報》英文部編輯，《語絲》撰稿者。

十八　蕭子升（湖南）前《民報》編輯，教育部秘書，《猛進》撰稿者。

十九　李玄伯（直隸）北大法文系教授，《猛進》撰稿者。

二十　徐炳昶（河南）北大哲學系教授，女師大教授，《猛進》撰稿者。

二十一　周樹人（浙江）教育部僉事，女師大教授，北大國文系講師，中國大學講師，《國副》編輯，《莽原》編輯，《語絲》撰稿者。

二十二　周作人（浙江）北大國文系教授，女師大教授，燕京大學副教授，《語絲》撰稿者。
二十三　張鳳舉（江西）北大國文系教授，女師大講師，《國副》編輯，《猛進》及《語絲》撰稿者。
二十四　陳大齊（浙江）北大哲學系教授，女師大教授。
二十五　丁維汾（山東）國民黨。
二十六　王法勤（直隸）國民黨，議員。
二十七　劉清揚（直隸）國民黨婦女部長。
二十八　潘廷干
二十九　高魯（福建）中央觀象臺長，北大講師。
三十　譚熙鴻（江蘇）北大教授，《猛進》撰稿者。
三十一　陳彬和（江蘇）前平民中學教務長，前天津南開學校總務長，現中俄大學總務長。
三十二　孫伏園（浙江）北大講師，《京報副刊》編輯。
三十三　高一涵（安徽）北大教授，中大教授，《現代評論》撰稿者。

三十四　李書華（直隸）北大教授，《猛進》撰稿者。

三十五　徐寶璜（江西）北大教授，《猛進》撰稿者。

三十六　李麟玉（直隸）北大教授，《猛進》撰稿者。

三十七　成平（湖南）《世界日報》及《晚報》總編輯，女師大講師。

三十八　潘蘊巢（江蘇）《益世報》記者。

三十九　羅敦偉（湖南）《國民晚報》記者。

四　十　鄧飛黃（湖南）《國民新報》總編輯。

四十一　彭齊群（吉林）中央觀象臺科長，《猛進》撰稿者。

四十二　徐巽（安徽）中俄大學校務委員會委員長。

四十三　高穰（福建）律師，曾擔任女師大學生控告章士釗劉百昭事。

四十四　梁　鼎

四十五　張平江（四川）女師大學生。

四十六　姜紹謨（浙江）前教育部秘書。

四十七　郭春濤（河南）北大學生。

四十八　紀人慶（雲南）大中公學教員。

以上只有四十八人，五十缺二，不知是失抄，還是像九六的制錢似的，這就算是足串了。至於職務，除遺漏外，怕又有錯誤，並且有幾位是為我所一時無從查考的。但即此已經足夠了，早可以看出許多秘密來——

甲、改組兩個機關：

1．俄國退還庚子賠款委員會；

2．清室善後委員會。

乙、「掃除」三個半學校：

1．中俄大學；

2．中法大學；

3．女子師範大學；

4．北京大學之一部分。

丙、撲滅四種報章：

1.《京報》；

2.《世界日報》及《晚報》；

3.《國民新報》；

4.《國民晚報》。

丁、「逼死」兩種副刊：

1.《京報副刊》；

2.《國民新報副刊》。

戊、妨害三種期刊：

1.《猛進》；

2.《語絲》；

3.《莽原》。

「孤桐先生」是「正人君子」一流人，「黨同伐異」[7]怕是不至於的，「睚眥之怨」[8]或者也未必報。但是趙子昂的畫馬[9]，豈不是據說先對著鏡子，摹仿形態的麼？據上面的鏡子，從我的眼睛，還可以看見一些額外的形態——

1．連替女師大學生控告章士釗的律師都要獲罪，上面已經說過了。

2．陳源「流言」中的所謂「某籍」[10]，有十二人，占全數四分之一。

3．陳源「流言」中的所謂「某系」（案蓋指北大國文系也），計有五人。

4．曾經發表反章士釗宣言的北大評議員十七人[11]，有十四人在內。

5．曾經發表反楊蔭榆宣言的女師大教員七人，有三人在內，皆「某籍」。

這通緝如果實行，我是想要逃到東交民巷或天津去的[12]；能不能自然是別一問題。這種舉動雖將為「正人君子」所冷笑，但我卻不願意為要博得這些東西的誇獎，便到「孤桐先生」的麾下去投案。但這且待後來再說，因為近幾天是「孤桐先生」也如「政客，富人，和革命猛進者及民眾的首領」一般，「安居在東交民巷裡」[13]了。

這一篇是一九二六年四月十三日作的，就登在那年四月的《京報副刊》

上，名單即見於《京報》。用「唯飯史觀」[14]的眼光，來探究所以要捉這湊成「大衍之數」[15]的人們的原因，雖然並不出奇，但由今觀之，還覺得「不為無見」。本來是要編入《華蓋集續編》中的，繼而一想，自己雖然走出北京了，但其中的許多人，卻還在軍閥勢力之下，何必重印舊賬，使叭兒狗們記得起來呢。於是就抽掉了。

但現在情勢，卻已不同，雖然其中已有兩人被殺[16]，數人失蹤，而下通緝令之權，則已非段章諸公所有，他們萬一不慎，倒可以為先前的被緝者所緝了。先前的有幾個被緝者的座前，現在也許倒要有人開單來獻，請緝別人了。《現代評論》也不但不再預料革命之不成功，且登廣告云：「現在國民政府收復北平，本週刊又有銷行的機會（謹案：妙極）了」[17]了。而浙江省黨務指導委員會宣字一二六號令，則將《語絲》「嚴行禁止」[18]了。此之所以為革命歟。因見語堂的《翦拂集》[19]內，提及此文，便從小箱子裡尋出，附存於末，以為紀念。

一九二八年十月二十日，魯迅記

【注釋】

1 本篇最初發表於一九二六年四月十六日《京報副刊》。

2 賈德耀，安徽合肥人，曾任北洋政府陸軍總長，一九二六年三一八慘案時任段祺瑞執政府國務總理。

3 三一八慘案發生的當日，段祺瑞政府以「假借共產學說，嘯聚群眾……率領暴徒數百人，闖襲國務院」等罪名，下令通緝徐謙、李大釗、李煜瀛、易培基、顧兆雄五人。

4 邵振青（飄萍）主辦，一九一八年十月創刊於北京，一九二六年四月二十四日被奉系軍閥張作霖查封。

5 這是引用陳西瀅的話。陳在《現代評論》第三卷第六十五期（一九二六年三月六日）的《閒話》中說：「在北京學界一年來的幾次風潮中，一部分強有力者的手段和意見，常常不為另一部分人所贊同，這一部分強有力者就加不贊成他們的人們一個『捧章』（按指章士釗）的頭銜。然而這成了問題了。……不『捧章』而捧反章者，既然可以得到許多優美的差缺，而且可以受幾個副刊小報的擁戴，為什麼還要去『捧章』呢？」

6 一九二五年八月二十五日，段祺瑞政府為了鎮壓學生愛國運動，壓迫進步教師，頒布「整頓學風令」，其中說：「倘有故釀風潮、蔑視政令。……依法從事。決不姑貸。」

7 語見《後漢書．黨錮傳序》，糾合同夥，攻擊異己的意思。陳西瀅在《現代評論》第三卷第五十三期（一九二五年十二月十二日）的《閒話》中，曾用此語影射攻擊魯迅：「中國人是沒有是非的。……凡是同黨，什麼都是好的，凡是異黨，什麼都是壞的。」同時又標榜他自己和現代評論派說：「在『黨同伐異』的社會裡，有人非但攻擊公認的仇敵，還要大膽的批評自己的朋友。」

8 意即小小的仇恨。語見《史記．范雎傳》：「一飯之德必償，睚眥之怨必報。」陳西瀅在《現代評論》第三卷第七十期（一九二六年四月十日）發表《楊德群女士事件》一文中，暗指魯迅說：「我曾經有一次在生氣的時候揭穿過有些人的真面目，可是，難道四五十個死者的冤可以不雪，睚眥之仇卻不可不報嗎？」

9 趙子昂（一二五四－一三二二）：即趙孟頫，湖州（今浙江吳興）人。元代畫家，以畫馬著稱。關於他畫馬的故事，清代吳升《大觀錄》卷十六王穉登題「趙孟頫《浴馬圖卷》」中有這樣的記載：「（孟頫）嘗據床學馬滾塵狀，管夫人自牖中窺之，正見一匹滾塵馬。」陳西瀅在一九二六年一月三十日《晨報副刊》發表的《致志摩》中攻擊魯迅說：「你見過趙子昂——是不是他？——畫馬的故事罷？他要畫一個姿勢，就對鏡伏地做出那個姿勢來。魯迅先生的文章也是對了他的大鏡子寫的，沒有一句罵人的話不能應用在他自己的身上。」

10 一九二五年五月二十七日，作者與馬裕藻、沈尹默、李泰棻、錢玄同、沈兼士、周作人七人，針對楊蔭榆開除女師大學生自治會職員的行徑，聯名發表《對於北京女子師範大學風潮宣言》。同月三十日，陳西瀅在《現代評論》第一卷第二十五期的《閒話》中攻擊這個宣言，其中有「以前我們常常聽說女師大的風潮，有在北京教育界占最大勢力的某籍某系的人在暗中鼓動」的話。

某籍，指浙江。按發表宣言的七人中，除李泰棻外，都是浙江人。

11 一九二五年八月，北京大學評議會為了反對章士釗非法解散女師大，議決與教育部脫離關係，宣布獨立，有十七位教員曾發表《致本校同事公函》。這裡說的北大評議員反章士釗宣言即指此事。

12 一九二六年春夏間，馮玉祥國民軍與奉系軍閥張作霖等作戰期間，國民軍因發覺段祺瑞勾結奉軍，於四月九日包圍執政府，收繳衛隊槍械，段祺瑞、章士釗等逃匿東交民巷（當時外國使館所在地）。又一九二五年五月間，章士釗因禁止愛國學生紀念「五七」國恥日，遭到學生群眾的反對，曾逃往天津躲避。

13 陳西瀅在《現代評論》第三卷第七十期（一九二六年四月十日）發表的《閒話》中曾對當時北方的革命力量加以諷刺說：「每一次飛艇（按指奉軍飛機）正在我頭上翺翔著的時候，我就免不了羡慕那些安居在東交民巷的政客，富人，和革命猛進者及民眾的首領。」

14 這是諷刺陳西瀅的。陳在《現代評論》第二卷第四十九期（一九二五年十一月十四日）《閒話》中說：「我是不信唯物史觀的，可是中國的政治，我相信實在可以用唯物觀來解釋，也只可這樣的解釋。種種的戰爭，種種的政變，出不了『飯碗問題』四個字。」

15 語見《周易．繫辭》：「大衍之數五十。」後來「大衍」就成為五十的代詞。

16 指李大釗及邵振青。李大釗於一九二七年四月二十八日在北京被奉系軍閥張作霖絞殺；邵振青於一九二六年四月二十六日在北京被奉系軍閥張宗昌槍殺。

17 《現代評論》的這個廣告登在一九二八年九月十二日北京《新晨報》。

18 一九二八年九月，國民黨浙江省黨務指導委員會以「言論乖謬，存心反動」的罪名，查禁書報十五種，《語絲》是其中之一。

19 林語堂（一八九五—一九七六），名玉堂，福建龍溪人，作家。語絲社成員。曾留學美國、德國，歷任北京大學、北京女子師範大學教授，廈門大學文科主任。他在北京任教時，曾對青年學生反對章士釗的鬥爭表示支持。二十年代他在上海主編《論語》、《人間世》等雜誌，提倡「幽默」和「閒適」，為當時國民黨反動統治粉飾太平。《翦拂集》是他在一九二四年至一九二六年間所作雜文的結集，一九二八年十二月北新書局出版。集中有《「發微」與「告密」》一文，內容是揭露段祺瑞、章士釗等在三一八慘案中的無恥手段，其中曾提及作者這篇文章，有「魯迅先生以其神異之照妖鏡一照，照得各種的醜態都照出來」等語。

魯迅雜文精選：5

而已集【經典新版】

作者：魯迅
發行人：陳曉林
出版所：風雲時代出版股份有限公司
地址：10576台北市民生東路五段178號7樓之3
電話：(02) 2756-0949
傳真：(02) 2765-3799
執行主編：朱墨菲
美術設計：吳宗潔
行銷企劃：林安莉
業務總監：張瑋鳳

初版日期：2021年9月
ISBN：978-986-352-985-9

風雲書網：http://www.eastbooks.com.tw
官方部落格：http://eastbooks.pixnet.net/blog
Facebook：http://www.facebook.com/h7560949
E-mail：h7560949@ms15.hinet.net
劃撥帳號：12043291
戶名：風雲時代出版股份有限公司

風雲發行所：33373桃園市龜山區公西村2鄰復興街304巷96號
電話：(03) 318-1378
傳真：(03) 318-1378
法律顧問：永然法律事務所 李永然律師
北辰著作權事務所 蕭雄淋律師

行政院新聞局局版台業字第3595號 營利事業統一編號22759935

定價：240元

國家圖書館出版品預行編目資料

而已集 / 魯迅著. -- 初版. -- 臺北市 : 風雲時代出版股份有限公司, 2021.04
面； 公分. -- (魯迅雜文精選 ; 5)

ISBN 978-986-352-985-9 (平裝)

855 110001012